EL COLOR DE TUS OJOS

NATALIE ANDERSON

WITHDRAWN

HARLEQUIN™

Editado por Harlequin Ibérica.
Una división de HarperCollins Ibérica, S.A.
Núñez de Balboa, 56
28001 Madrid

© 2011 Natalie Anderson
© 2015 Harlequin Ibérica, una división de HarperCollins Ibérica, S.A.
El color de tus ojos, n.º 2054 - 5.8.15
Título original: Walk on the Wild Side
Publicada originalmente por Mills & Boon®, Ltd., Londres.

I.S.B.N.: 978-84-687-6621-8
Depósito legal: M-16122-2015
Impresión en CPI (Barcelona)
Fecha impresion para Argentina: 1.2.16
Distribuidor exclusivo para España: LOGISTA
Distribuidor para México: CODIPLYRSA
Distribuidores para Argentina: Interior, DGP, S.A. Alvarado 2118.
Cap. Fed./Buenos Aires y Gran Buenos Aires, VACCARO HNOS.

Capítulo Uno

Otro semáforo en rojo. Kelsi Reid frenó por cuarta vez, maldiciendo para sus adentros, y agarró el peine que había dejado en el asiento del copiloto.

Lo más probable era que en el salón de belleza estuvieran acostumbrados a recibir a clientas impecables, y Kelsi ni se había arreglado el pelo ni se había maquillado. Apenas había tenido tiempo para ponerse las lentillas y embutirse un vestido con la piel todavía húmeda de la ducha.

La noche anterior se había quedado dormida en la mesa, cuando intentaba terminar todo el trabajo que tenía que entregar. Al despertarse, se encontró con que tenía el pelo metido dentro del vaso del refresco.

No tenía un buen día.

Echaba menos su ración mañanera de cafeína y empezaba a dolerle la cabeza. Tras parar en todos los semáforos que había hasta Merivale, el barrio más lujoso de Christchurch, estaba a punto de llegar a L´Essence Spa.

Se había sentido demasiado ingrata como para cancelar la cita que su jefe y sus compañeros de trabajo le habían regalado por su cumpleaños y como premio por su esfuerzo. Había sido todo un detalle, aunque era lo último que ella quería. Odiaba mezclarse con mujeres hermosas porque le hacían sentirse peor todavía. Con su horrible color de pelo, su baja estatura y sus escasas curvas, siempre la habían tildado de poco atractiva. Tampoco había ayudado el que su padre no se hubiera preocupado por ella. Aparte de sus genes poco agraciados, no le había dado mucho más.

Había estado tan acomplejada que, incluso, había dejado que su último novio la llevara a la peluquería y de compras para hacerse un cambio de estilo. Aun así, no era lo bastante guapa para él. Años después, Kelsi no podía creer que le hubiera permitido tomar el control de su aspecto de esa manera.

Al final, se había rebelado y había decidido dejar de buscar la aprobación de los demás. Se vestía con ropa grande que le cubría casi toda la piel, excesivamente pálida, sus imperceptibles atributos, su pelo, sus ojos… Si algún hombre quería fijarse en ella, debía ser por su inteligencia, su sentido del humor, su personalidad.

Llevaba años sin salir con nadie. Estaba demasiado ocupada con su trabajo. Tampoco le ayudaba que sus compañeros, las únicas personas con las que se relacionaba en el pueblo, estuvieran enamorados de las heroínas de los videojuegos, con grandes pistolas y pechos todavía mayores.

Pero, por alguna razón, sus compañeros de trabajo habían pensado que un día en el salón de belleza era el tipo de regalo que agradaría a cualquier mujer. Y ella no había tenido valor para sacarles de su error. Sabía lo caro que era ese salón y sabía que solo les había motivado la buena intención. Además, no tenía por qué cortarse el pelo ni someterse a rayos uva, había otras opciones. Lo que más le apetecía era que le dieran un masaje y le hicieran la cera.

Era mejor que no le tocaran el pelo enredado, que ya se había teñido en casa.

Encima, llegaba tarde.

Condujo cien metros hasta el siguiente semáforo que, por supuesto, estaba en rojo. Mientras esperaba, se llevó la mano al enredo que tenía en la parte trasera de la cabeza. Tenía el pelo tan rizado que solo podía domarlo echándose una crema suavizante antes de pasarse el peine. Sacó un tubo que llevaba en el bolso, se aplicó una generosa cantidad y comenzó a peinarse. Cerró los ojos, porque le dolían los tirones. Sin querer, su cuerpo dio un respingo, incluido el pie, que había estado pisando el freno. El coche se movió medio metro hacia delante.

Justo en medio del paso de peatones.

Kelsi oyó el golpe, una maldición sofocada y su propio grito.

Pisó el freno en seco y agarró el volante con ambas manos, temblando.

Lo único que se movía era su estómago, a punto de vomitar. Abrió la puerta e intentó salir, pero se lo impidió el cinturón de seguridad, que consiguió desabrocharse con dedos nerviosos. Cuando logró liberarse, corrió a la parte delantera del coche, aterrorizada por lo que podía encontrarse. ¿Habría matado a alguien?

–¿Estás bien? ¿Estás bien? Oh, Dios –gritó Kelsi, incapaz de respirar–. ¿Estás bien?

–Estoy bien.

Era un hombre y estaba de pie. Era muy alto y debía estar vivo, porque tenía los ojos abiertos: unos ojos azules como el cielo, y respiraba.

Horrorizada, Kelsi meneó la cabeza, sin poder creer lo que acababa de pasar.

–El semáforo estaba en verde para los peatones –dijo él con tono seco.

–Has salido de la nada –repuso ella. Si no había visto a ese hombre que medía casi dos metros, ¿se le habría pasado desapercibido alguien más?, se preguntó, y se agachó para mirar debajo de las ruedas.

–Tu coche está bien.

–Eso no me importa –aseguró ella, todavía agachada–. ¿Solo estabas tú? ¿No he atropellado a nadie más?

–Solo a mí.

–Oh, gracias al cielo. Quiero decir… –balbució ella con el corazón acelerado–. ¿De verdad estás bien?

–Sí –afirmó él, y rio–. Mira, es mejor que muevas tu coche. Estás entorpeciendo el tráfico.

Aturdida, Kelsi se volvió hacia la fila de coches parados detrás del suyo. La mayoría estaban cambiando de carril para adelantarla. Así que no era urgente. Un accidente era mucho más importante que retrasar el tráfico.

—¿Estás seguro de que estás bien? —volvió a preguntar ella con tono estridente.

—Vayamos a la acera —indicó él.

Kelsi lo siguió, aunque se detuvo en seco tras unos pocos pasos.

—¡Estás cojeando! ¿Por qué? ¿Dónde te he golpeado? ¿Dónde te duele?

—No, es solo que tengo la rodilla...

—¿La rodilla? —repitió ella con voz más aguda todavía—. ¿Ahí te he dado? Déjame ver —añadió y, sin esperar, se agachó y le levantó el bajo de los pantalones, esperando ver chorretones de sangre cayéndole por la pantorrilla. Sin embargo, solo se encontró con una pierna musculosa y bronceada.

Al instante, el hombre se apartó.

—Estoy bien —insistió él, mientras la agarraba del brazo para ayudarla a levantarse.

Con reticencia, Kelsi se incorporó.

—¿Estás seguro? —volvió a preguntar ella. ¿Lo había pisado con las ruedas? Al recordar el sonido del impacto, se encogió. Era la primera vez que tenía un accidente con el coche. Y había atropellado a una persona—. ¿No necesitas un médico? Por favor, deja que te lleve. Creo que debería verte un médico.

—No necesito un médico —aseguró él con firmeza—. Pero tú cada vez estás más pálida.

Kelsi se llevó las manos a la boca, sintiendo que el estómago se le revolvía un poco más.

–Podía haberte matado.

–Sí. Pero no lo has hecho.

Podía haber matado a un niño, se dijo ella, imaginándose lo peor. Había sido una suerte que hubiera sido un hombre tan alto y fuerte y no un bebé en un carrito. Encima, lo había herido. Con ojos borrosos, levantó la cara hacia él, casi sin aliento. Lo había herido…

El hombre la sujetó de los hombros.

–Estoy bien. No ha pasado nada –afirmó él, asintiendo y sonriendo.

Kelsi tragó saliva. ¿Estaba bien de verdad? Al menos, sus manos la sujetaban con firmeza y fuerza.

–¿Tenías prisa por llegar a alguna parte?

–¿Qué? Sí –contestó ella, se miró el reloj y dejó caer los brazos–. Oh, no. Ya es demasiado tarde.

–¿Adónde ibas?

–No importa. De verdad. Deja que te lleve adonde quieras –ofreció ella, abrió la puerta del copiloto e intentó arrastrarlo dentro–. Siento haberte atropellado. Estás cojeando. ¿Puedo llevarte al hospital?

–No.

Sin embargo, Kelsi no lo estaba escuchando. Siguió tirando de él, decidida a meterlo en el coche. Pero era como mover una montaña… imposible. Además, esa montaña no estaba fría, sino caliente, era ancha y muy sólida. Por no hablar de su fuerte pecho… Cuando se quiso dar cuenta, tenía las manos sobre su torso y lo estaba empujando hacia el coche, sin lograr moverlo…

–Lo siento –dijo ella, sonrojándose.

Al levantar los ojos, sus miradas se entrelazaron. Él tenía los ojos grandes y azules y una sonrisa radiante como el sol. De nuevo, la realidad desapareció alrededor de Kelsi y se quedó atrapada por el momento, incapaz de parpadear, incapaz de respirar.

¿Se estaba volviendo loca?, se reprendió a sí misma. Casi lo había atropellado… ¿Qué hacía mirándolo como si nunca hubiera visto a un hombre antes?

Bueno, lo cierto era que nunca antes había visto a un hombre tan bien proporcionado. Los únicos con los que se relacionaba eran sus compañeros de trabajo, y eran todos o demasiado gordos o demasiado flacos. Eran todos el prototipo del tipo que se pasaba la vida delante del ordenador.

Ese hombre que tenía delante era por completo diferente. Debía de pasar horas enteras bronceándose y cultivando esos músculos, por no mencionar los mechones de pelo dorados por el sol. El flequillo le caía sobre la cara de modo desenfadado. Era un tipo imponente.

–¿Qué te parece que si yo te llevo a ti? –propuso él.

–¿Perdón? –replicó ella.

El hombre le volvió a posar la mano en el hombro para calmarla.

–Yo conduciré –dijo él.

Lo único que Kelsi pensaba era que el hombre sonreía y el mundo le parecía más colorido que nunca.

–Vamos.

Sin oponer resistencia, ella se dejó guiar al asiento del copiloto y se sentó.

Cuando él caminó hacia la puerta del conductor, lo vio cojear. Aquello era una locura. Debía disculparse de nuevo y ayudarlo, no al revés.

–¿Seguro que estás bien para conducir? –preguntó en cuanto él se sentó.

El hombre rio. Una risa masculina y sincera.

–¿Cómo te llamas?

Kelsi se quedó mirándolo. Era tan alto que apenas cabía en su pequeño utilitario. Además, le había dicho algo. Eso parecía, caviló ella, porque la observaba con gesto expectante.

–¿Perdón?

–¿Cómo te llamas?

Entonces, el hombre se inclinó sobre Kelsi, hasta que sus torsos casi se tocaban. Su movimiento la tomó por sorpresa y la dejó paralizada. El cuerpo se le puso tenso, pero no de miedo. No, nada de miedo. Desde tan cerca, podía ver su rostro simétrico con una sombra de barba, sus dientes relucientes. Incluso podía sentir su calor y su olor a limpio. Contuvo el aliento cuando él se acercó todavía más. ¿Acaso iba a besarla? ¿Iba ella a dejar que un desconocido la besara? Hipnotizada, se le quedó mirándolo a los ojos, que sonreían y le prometían el paraíso.

Claro que sí. Iba a besarla. No había ninguna otra posibilidad, se dijo, embobada.

De pronto, sin embargo, un ruido a su izquierda la hizo volver de pronto a la realidad. Decepcionada, se dejó atar con el cinturón de seguridad. Claro que no había querido besarla. Los tipos como él tenían ejércitos de bellezas a quienes besar. Nunca pensaría en besarla. Aunque cuánto le hubiera gustado a ella...

Hundiéndose en su asiento, Kelsi se dijo que necesitaba controlarse. Se le había puesto la piel de gallina.

El hombre arrancó y, tras unos momentos, ella consiguió apartar la vista de sus fuertes manos sobre el volante para mirar hacia la carretera. Él giró a la derecha donde ella habría seguido recto. Pero no importaba.

−¿Señorita?

−Kelsi −dijo ella.

−Kelsi, soy Jack.

−Hola −saludó ella en voz baja y, de nuevo, abrió mucho los ojos al volver a mirarlo. Que un hombre tan guapo estuviera al volante de su coche era por completo surrealista.

Cuando él volvió a reír, le salió un hoyuelo en la mejilla.

−Creo que necesitas tiempo para recuperarte.

−Lo siento mucho −se disculpó ella, obligándose a apartar la vista. Era cierto. Necesitaba tiempo para recuperarse, pero no del accidente. Tener tan cerca de un tipo tan impresionante la estaba dejando fuera de combate.

−¿Seguro que estás bien?

−No empieces otra vez, por favor −pidió él.

–Vale.

–Conozco una cafetería donde tienen un café muy bueno –dijo Jack–. Vamos a tomar una taza.

Café. Ese era el problema, pensó Kelsi. No había tomado su taza mañanera. Por eso debía estar tan nerviosa y aturdida.

Jack aparcó y paró el motor.

–No puedes aparcar aquí. Está reservado –observó ella, indicando las señales que avisaban de que ese espacio era solo para clientes de la tienda de esquí.

–No les importará –aseguró él.

Vaya, al parecer ese tipo se tomaba la vida con mucha calma, se dijo Kelsi. Ni siquiera había pestañeado después de haber sido atropellado por un coche. Sonriendo, él le entregó las llaves del coche y salió. Al verlo cojear de nuevo, volvió a sentirse culpable.

Poco después, la dejó sentada en una mesa de la cafetería.

–Voy a pedirte un café.

Ella se dejó caer en la silla, apoyó la cabeza entre las manos y cerró los ojos.

–Me gusta solo –pidió Kelsi. Después de una buena taza de café, su cerebro volvería a la normalidad.

Jack observó a la mujer blanca como la leche y bajita que tenía delante. Parecía que había sido ella la atropellada. La verdad es que a él apenas lo

12

había rozado, aunque la caída le había lastimado un poco la pierna mala. Se la había operado hacía un par de semanas, pero en ese momento le dolía como si hubiera sido el día anterior.

Se acercó al mostrador, esperando que el dolor que sentía en la rodilla no supusiera un retraso en sus progresos. Ansiaba volver a entrenar cuanto antes.

Viv, la camarera, le sirvió enseguida, y en cuestión de segundos volvió con dos tazas de café humeante a la mesa donde lo esperaba la conductora peligrosa. Sonrió al verla de espaldas, pues tenía el pelo enredado en una intrincada madeja... Seguro que ella lo ignoraba, pensó.

Jack dejó las bebidas en la mesa, abrió tres sobres de azúcar y los echó en una de las tazas. Después de removerla, se la tendió.

—No tomo azúcar —dijo ella con una débil sonrisa, recostada en su asiento.

—Hoy, sí —repuso él. Un café bien cargado y dulce era justo lo que su acompañante necesitaba.

La contempló mientras ella tomaba un par de tragos.

—¿Mejor?

—Mucho mejor.

Sí, sus ojos de extraño color parecían más enfocados y se había enderezado en la silla, observó Jack. Estaba mucho mejor así porque, cuando había estado derrumbada sobre el respaldo, el escote del vestido había dejado entrever el tirante de encaje negro de un bonito sujetador. No debería estar pensando en sexo en ese momento, se reprendió a sí mismo. Sin embargo, llevaba haciéndolo desde que había puesto los ojos en ella.

No era apropiado. Y no era la razón por la que había insistido en invitarla a un café. No, lo había hecho porque había querido explicarle que no le había hecho daño. Había leído la preocupación en su rostro cuando lo había visto cojear. Necesitaba explicarle que lo de su rodilla no se debía al accidente pues intuía que, si no lo hacía, ella podía tener pesadillas durante semanas. Por alguna razón, adivinaba que era una mujer sensible y dulce, a pesar de su aspecto desarreglado y rebelde.

Sin embargo, había algo que Jack debía hacer primero. Se puso en pie, conteniendo la risa, y dio la vuelta a la mesa. Ella se puso tensa en cuanto la tocó.

–Tranquila o será peor –susurró él.

Tenía un peine atrapado en un revoltijo de rizos en la parte trasera del pelo. Ella soltó un grito sofocado al comprender. Él quiso reír y quitarle importancia, pero al verla sonrojarse y notar que se le aceleraba la respiración, se quedó callado.

Así que tenía algún efecto sobre ella, adivinó Jack. Excelente, porque él estaba experimentando un severo ataque de deseo. Intentó concentrarse en desatar el nudo, pero se quedó embelesado con su pelo rubio, suave y con olor a flores. Nunca había visto un pelo tan claro como ese, casi como la nieve, ni tan enredado.

Jack tragó saliva. Con la boca seca, se inclinó un

poco más sobre ella para extraerle el peine del pelo sin lastimarla. Hacía mucho tiempo que no se había sentido tan excitado por una mujer…

La operación de rodilla lo había mantenido apartado de esa clase de entretenimientos durante un tiempo. Eso debía de explicar la intensa reacción que experimentaba ante esa extraña, se dijo. Por lo general, no solía fijarse en mujeres tan bajitas, ni tan frágiles. Le atraían más las atléticas y fuertes, no las que parecían a punto de volarse con un soplo de viento.

Tampoco solía interesarse por mujeres demasiado emocionales ni necesitadas. Su forma de vida no le dejaba tiempo para dedicarle a nadie. Sin embargo, cuando había visto cómo ella se había puesto a temblar al pensar que lo había herido, su dulzura femenina le había resultado demasiado tentadora. Esos labios tan jugosos y apetecibles… No llevaba ni carmín ni brillo.

Jack había tenido deseos de saborearlos.

Y, en ese instante, quería hacer mucho más que besarla. Se la imaginaba en sus brazos, sería tan fácil levantar aquel largo vestido color funeral y mordisquear los secretos que ocultaba…

Sin duda, debía de estar sufriendo los efectos de las cuatro semanas de abstinencia sexual que llevaba, caviló Jack. Si no, no podía entender por qué le costaba controlar su propio cuerpo en medio de una cafetería llena de gente. Y esa debía de ser la razón por la que le atraía una mujer que hacía tan mala pareja con él.

Con cuidado, siguió desenredando el peine. Estaba tardando más de lo que había esperado, pero no le importó. Se contuvo para no hundir los dedos en la masa de pelo rizado un poco más.

Pálida y suave, la mujer estaba sentada como una estatua delante de él. Su cuerpo irradiaba calor, en parte por la situación embarazosa y, en parte...

Jack estaba acostumbrado a tener éxito con el sexo opuesto y le encantaba. Conocía bien las señales. A veces, las ignoraba y, otras veces, no.

En esa ocasión, supo que iba a sucumbir a la más intensa tentación que había experimentado nunca. Aunque no era muy apropiado, no podía resistirse. Le gustaba lo inesperado. Adoraba los retos.

¿Qué importaba si tenía menos de veinticuatro horas? ¿Qué más daba si debería estar en una aburrida reunión? Eso hacía que lo que se proponía hacer fuera todavía más excitante. Jack Greene sabía cómo aprovechar al máximo cada minuto.

Capítulo Dos

Kelsi fue incapaz de mirar a Jack a los ojos cuando él le mostró el peine antes de dejarlo sobre la mesa. Con voz apenas audible, le dio las gracias.

Había perdido su reserva en el salón de belleza, se le había quedado el peine enredado en el pelo, había atropellado a un hombre imponente y había estado a punto de desmayarse cuando dicho espécimen la había tocado con suavidad para sacarle el peine del pelo.

Después de todo eso, Kelsi quería irse. Sin embargo, había atropellado a ese hombre y, en vez de compensarlo por ello, había sido él quien la había invitado a café y había tratado de tranquilizarla. No podía dejarlo allí plantado sin resultar grosera.

Al mirarlo a la cara, se le volvió a acelerar el pulso. Él la contemplaba con un brillo sensual en los ojos y, si no eran imaginaciones suyas, había puesto la vista en su boca. Kelsi contuvo el impulso de pasarse la lengua por los labios, no quería ser tan descarada. No. Sin duda, ese tipo estaba acostumbrado a que las mujeres cayeran a sus pies.

En vez de humedecerse los labios, ella le dio otro trago a su café. El calor le apaciguó los nervios.

Tras respirar hondo, se preparó para hacer algún comentario calmado y amable. Cuando él le lanzó otra de sus sonrisas arrebatadoras, bajó la vista para no quedarse de nuevo hipnotizada. Casi se había terminado el café. Un trago más y se iría.

–¿Adónde ibas entonces?

–A ningún sitio –contestó ella, sonrojándose otra vez.

–Vamos, dímelo.

–A un salón de belleza –repuso ella al fin. Si no contestaba, iba a parecer un bicho raro del todo.

–¿Y qué te ibas a hacer?

–Un masaje facial y la cera –replicó ella, encogiéndose de hombros.

Jack sonreía más aún. Adivinando que se estaba riendo de ella, Kelsi sintió la necesidad de justificarse.

–Hace mucho que no me tomo un día libre. Mi jefe dice que tengo que recargar las pilas.

–Un salón de belleza no es lugar indicado para eso.

No. Ella habría escogido una galería de arte, a ser posible, en París. Un día tendría que lanzarse a viajar, pero antes debía centrarse en su carrera.

–¿No crees que tomar el aire o dar un paseo por algún sitio bonito te daría más energía?

Sin duda, ese tipo era de los que preferían matarse escalando una montaña antes que quedarse en casa, pensó Kelsi. Pero ella solo quería relajarse… y descansar.

–A mi piel no le sienta bien el aire fresco.

–¿No?

¿Acaso estaba ciego? Ella era casi albina, a excepción de las pecas que le salpicaban la piel.

–Me quemo enseguida –reconoció Kelsi, sonrojándose otra vez.

–Podrías ponerte un sombrero.

–¿Y echar a perder mi peinado? –replicó ella con los ojos entornados.

Él posó los ojos en su pelo enredado un momento y, durante unos segundos, se quedaron callados.

Entonces, ambos rompieron a reír al mismo tiempo. Era una sensación mucho más reconstituyente que el café caliente que acababa de tomarse, se dijo ella.

–Te propongo algo. Ya que has perdido la cita en el salón de belleza, deja que te lleve a otra parte. Verás como te sientes mucho mejor después de respirar aire fresco.

Al mirarlo a sus hermosos ojos azules, Kelsi no pudo ignorar el cosquilleo que le recorrió todo el cuerpo. De pronto, se preguntó si estaría intentando ligar con ella. No era posible, pensó.

–Yo…

–Vamos, te vas a divertir.

–No me divierte el campo.

–Tienes miedo –dijo él con tono provocador.

–No. Lo que pasa es que… –balbució ella, sin poder creer que estuviera interesado en salir con ella–. No estoy interesada.

–¿De verdad? ¿Ni un poquito?

Kelsi tragó saliva. Sin duda, ese tipo sabía que era irresistible.

–¿No te gustan los retos? –insistió él.

–Dices que un día en el campo es mejor que un tratamiento de belleza. ¿Hablas en serio?

–Muy en serio.

–Yo no estoy de acuerdo.

–¿Quieres comprobarlo?

Esquivando su mirada, Kelsi trató de pensarlo. No podía ir al salón de belleza, era demasiado tarde. Y no podía ir al trabajo. No quería que sus compañeros supieran que había desaprovechado su regalo.

¿Qué podía hacer entonces? Había estado tan volcada en su trabajo que no había tenido tiempo de forjarse una vida social. Sin embargo, Jack era atractivo, encantador, deportista… Seguro que tenía mucha gente con la que quedar.

–¿No tienes nada mejor que hacer? –preguntó ella.

–Ahora mismo, no.

–¿Qué ganas tú con ello? –quiso saber Kelsi, tentada de aceptar.

–El placer de enseñarte a disfrutar del campo.

–Ah.

–Aunque igual tenemos que buscarte otra ropa –indicó él, afilando la mirada.

Kelsi se puso rígida. ¿Es que intentaba decirle cómo vestir?

–Pensé que las chicas de más de veinte años habían superado la fase gótica –comentó él con una sonrisa provocadora.

Si no hubiera sido por su encanto irresistible, a Kelsi le habría sentado mal su observación. Además, algo le decía que a él no le disgustaba tanto su forma de vestir, pues la estaba devorando con la mirada.

–Yo no soy gótica.

–Bueno, pero te inspiras en las películas de vampiros, ¿no? Eso de la piel tan pálida, los ojos con lentillas de un color tan raro y ropas largas y negras…

Kelsi se cruzó de brazos, tratando de ocultar sus nervios… y lo duros que se le habían puesto los pezones al sentirse recorrida por su mirada.

–No me gustan los vampiros. Me cambio el color de pelo y de ojos a diario. La piel pálida es de nacimiento –explicó ella–. Y me pongo ropas amplias para protegerme del sol.

Cuando Jack la contempló una vez más con detenimiento, ella deseó haberse puesto algo más encima de aquel largo y suelto vestido negro de tirantes que la estaba haciendo sentir demasiado expuesta.

–Lo que yo decía. Eres como los vampiros, que tienen que ocultarse del sol.

–No me oculto.

–¿Entonces por qué llevas el pelo teñido y lentillas coloreadas? ¿De qué color son tus ojos en realidad?

–De ninguno interesante –negó ella, apartando la vista–. Además, me gusta cambiar de color de ojos, así no me aburro –añadió. Ya que no podía competir con las mujeres bonitas, al menos, podía esforzarse en ser original.

–Eres como un camaleón. ¿Esperas que la gente no pueda ver más allá de la superficie? –adivinó él, dejó su taza de café y se levantó–. Vamos, comprobemos si ardes al contacto con el sol. Salgamos a la calle.

No era el sol lo que estaba a punto de hacerla arder, sino su mirada, se dijo ella.

–Espera un momento, tengo que ir a buscar una cosa –le pidió él, cuando estuvieron fuera.

Kelsi lo vio cojear hasta la tienda de deportes de nieve. Era su oportunidad de escapar, subirse a su coche y salir pitando de allí. Pero, ¿por qué iba a negarse a pasar un rato con un hombre de buen talante que parecía sacado de una revista de moda deportiva masculina?

Podía ser un poco rarita, pero no estaba loca.

Así que Kelsi se subió al coche y acomodó de nuevo el asiento del conductor a su altura. Enseguida, él regresó con una bolsa con el logo de la tienda.

–¿Son amigos tuyos?

Él se limitó a guiñarle un ojo. Dejó la bolsa en el asiento trasero y echó hacia atrás el asiento del copiloto para que le cupieran las piernas.

–¿Estás segura de que puedes conducir?

–Estoy bien –afirmó ella, aferrando el volante.

–¿Ya no tienes ninguna cita urgente a la que asistir? –insistió él, acercándose un poco. Su voz era el equivalente a una salsa de chocolate, cálida y dulce, lista para que se mojara una fresa en ella.

–Creo que los peatones están seguros –murmuró ella, tratando de calmar su pulso acelerado.

–Genial. Entonces, gira la primera a la izquierda.

Kelsi condujo apenas cien metros cuando tuvo que parar en un semáforo en rojo. De pronto, él se inclinó sobre su ella, metiendo una mano entre sus piernas por debajo del asiento. Casi puso la cabeza en su regazo.

–¿Qué haces? Intento conducir –dijo ella con un grito sofocado–. Para –pidió, aunque, en realidad, no era lo que quería. No pudo evitar imaginárselo justo ahí, girando la cabeza para acariciarle el muslo con la boca.

Él la agarró del tobillo, le levantó el pie y la quitó el zapato. Luego, se incorporó en su asiento, arqueando las cejas con aire triunfal.

–¡Jack!

–No puedes conducir bien con esto.

–Claro que puedo –dijo ella, sin aliento–. Si fueras tan bajito como yo, lo comprenderías. Pero, como no lo eres, no puedes ponerte en mi lugar.

–Solo quiero llegar a nuestro destino de una pieza.

Kelsi suspiró y piso el acelerador al darse cuenta de que el coche que había detrás empezaba a pitar con impaciencia. En realidad, era más fácil conducir descalza… pero no pensaba admitirlo.

–Lo que has hecho ha sido muy peligroso.

–No más peligroso que peinarte en un semáforo. Al menos, esta vez he puesto el freno de mano.

–¿Adónde vamos? –preguntó ella, cambiando de tema.

–Por ahora, todo recto –contestó él con una sonrisa sensual–. ¿No te importa llevar el coche por la carretera que va a la playa?

–Deja de intentar arrebatarme el volante –protestó ella–. Soy buena conductora –aseguró, y se mordió el labio, pensando que no le gustaba demasiado conducir por esas carreteras de montaña. Aunque de ningún modo iba a admitirlo tampoco.

–Hay muchas curvas cerradas y cuesta arriba. Puedo relevarte, si quieres.

Como respuesta, Kelsi se limitó a pisar el acelerador un poco más. Pocos minutos después, habían salido de la ciudad y tomaban la carretera de la montaña. Era una zona desolada, sin árboles ni vegetación apenas. Pero el cielo azul se erguía sobre sus cabezas majestuoso, resaltando el brillo del mar. Entonces, llegaron las curvas cerradas.

–¿Quieres que ponga el aire acondicionado?

Al parecer, Jack se había dado cuenta de que ella estaba sudando.

–No funciona.

–Pues te vas a derretir.

Kelsi no respondió, intentando concentrarse en la carretera y no en el hombre imponente que tenía a su lado, encogido como si su coche fuera una caja de cerillas. Después del tramo más difícil, comenzó a relajarse y a disfrutar de las vistas. El silencio no era incómodo, sino relajante. Era como si estuvieran dejándolo todo atrás.

–¿Por qué necesitabas recargar las baterías, Kelsi? ¿A qué te dedicas para estar tan agotada?

–A los ordenadores. Al diseño web.

–¿Te pasas todo el día sentada delante de la pantalla?

–Sí. ¿Y sabes qué es lo más sorprendente? –inquirió ella a su vez con una sonrisa–. Me gusta.

–Increíble –comentó él, meneando la cabeza.

Jack le indicó que tomara el desvío siguiente, que bajaba hasta el nivel del mar y terminaba allí. Kelsi aparcó debajo de uno de los pocos árboles que había y salió del coche, apoyándose incómoda en un solo zapato.

Jack sacó algo de la bolsa que había puesto en los asientos traseros.

–¿Qué es? –preguntó ella.

–¿No lo ves? –replicó él con una sonrisa radiante.

–¿Crees que me voy a poner eso?

–En la tienda no había crema de protección solar y apuesto a que no llevas tampoco en ese bolso tan pequeño.

No, Kelsi no llevaba crema solar, porque siempre se mantenía en la sombra. Con resignación, tomó el gigantesco sombrero de ala ancha de la mano de él y se lo puso.

–También te he traído un chal para los hombros.

Kelsi tomó el pedazo de tela, esforzándose en no mirarlo a los ojos. Le provocaban deseos de sonreír demasiado. Y veía en ellos un fuego que ansiaba sentir sobre su piel… Estaba claro que necesitaba recargar pilas, se dijo.

–Me dio la sensación de que te gustaría el color.

El chal era negro como el carbón. Como toda la ropa que ella llevaba puesta.

–Qué sagaz –repuso ella, e intentó dar unos pasos–. Así no puedo caminar.

–Igual es mejor que te quites el otro zapato. Mójate los pies.

–Querrás decir que me los ensucie –protestó ella. Al mirar a la arena, no pudo reprimir un escalofrío–. Odio la playa. Todos los bichos me pican. Siempre hay alguno revoloteando a mi alrededor, preparado para hincarme el diente.

–Debes de tener la sangre muy dulce.

–¿Quién suena ahora como un vampiro? –le espetó ella, arqueando una ceja–. Tampoco me gusta la arena. Se me pega en todas partes y me pica la piel.

–Adivino que tampoco querrás surfear, ¿o sí?

–¿Cómo?

–¿No te gusta surfear? –preguntó él con un brillo en los ojos–. Sé dónde conseguir un par de trajes de neopreno.

–No sé surfear y no uso trajes de neopreno –negó ella.

–Ahora vas a decirme que tampoco nadas en el mar –la retó él, riendo.

–Nunca –admitió ella, avergonzada–. Prefiero las piscinas privadas.

–¿Con todos los químicos que les echan?

De acuerdo, era patética, reconoció Kelsi para sus adentros. Pero no pudo resistirse a la tentación de seguir discutiendo con él un poco más.

–El mar sí que está contaminado, ¿no crees?

–Esta parte de la playa, no.

–Pero puede haber tiburones –indicó ella con tono dramático, llevándose la mano al corazón.

–O delfines amistosos.

–O medusas.

–Estrellas de mar y conchas bonitas –replicó él y le tomó de ambas manos, sonriente–. Admítelo, no tienes razón. La naturaleza tiene sus peligros, pero su belleza hace que merezca la pena el riesgo.

A Kelsi no se le ocurrió ninguna otra objeción. Estaba demasiado distraída con la belleza natural que tenía delante. Con esos ojos color azul cielo, el pelo revuelto y la piel dorada por el sol, era el estereotipo del surfista. Además, a pesar de que él estaba relajado y tranquilo, su cuerpo emanaba fuerza.

¿Cuándo había sido la última vez que había estado con alguien tan atractivo?, se preguntó ella. Nunca. Ese tipo era un puro bombón.

De pronto, Kelsi se dio cuenta de que se había quedado sin respiración. Se obligó a apartar las manos de las de él y dejar de devorarlo con los ojos. Para disimular que se estaba sonrojando, fingió mirar a su alrededor.

No había ningún otro coche aparcado allí, ni un alma paseando por la playa. No había barcos en el horizonte. Parecían las dos únicas personas sobre la Tierra. Era una sensación liberadora, se dijo ella.

Jack se quitó los zapatos e hizo un gesto con la cabeza hacia el pie calzado de ella. Suspirando, Kelsi se lo quitó y trató de ignorar lo agradable que era sentir la arena fresca sobre la piel.

Aquello era una completa locura. Estaba en una playa perdida con un completo desconocido. Y estaba bajo el sol.

Pero se sentía en la gloria.

Volviendo la cara hacia él, vio que estaba sonriendo de oreja a oreja.

—¿Qué? —preguntó ella.

Jack rio y Kelsi supo que era demasiado tarde. Había sucumbido al poder del paisaje que la rodeaba. Aunque sabía que los mosquitos de la arena se preparaban para picarla y que el sol la quemaría, no pudo evitar respirar hondo y sentir cómo se le llenaban los pulmones de aire fresco y limpio. ¿Qué importaba todo lo demás cuando estaba acompañada por el hombre más simpático y sexy que había visto en su vida?

La oficina estaba a kilómetros de distancia, con todos sus ordenadores. Allí, solo estaban el cielo y el mar. Y la calidez que le bañaba la piel, suavizando el frío de su interior.

Kelsi se acercó a la orilla para caminar a su lado.

—¿Cuál es la estación del año que más te gusta? —preguntó él de pronto—. ¿El invierno?

—Sí —reconoció ella con una sonrisa.

–La mía, también.

–No me lo creo –dijo ella, sorprendida, y se detuvo para mirarlo a la cara.

–Sí. Me paso la vida persiguiendo el invierno.

–Pero estás muy moreno –observó ella, frunciendo el ceño.

–Porque he venido para recuperarme bajo el sol –explicó él e, inclinándose, se frotó la rodilla con la mano–. Es una vieja herida, no me la has hecho tú con el coche.

–¿De verdad?

–Me operaron hace un par de semanas. He estado haciendo rehabilitación y ahora voy a Canadá para poder seguir entrenando.

–¿Entrenar para qué?

–Practico *snowboard* –contestó él.

–¿Como profesión?

–Sí.

–¿En serio? –dijo ella. Vaya, por eso parecía en tan buena forma, pensó, conteniendo una risita. Nunca había conocido en persona a un atleta profesional–. ¿Y te entrenas para las olimpiadas?

–Faltan un par de años para eso, pero sí. Antes, hay otro gran campeonato también.

–¿Has ido alguna vez a las olimpiadas? –preguntó ella, atónita

–En las últimas participé en una demostración. Pero, en las siguientes, iré a competir de forma oficial. Pienso traerme la medalla de oro a casa –señaló él con gesto serio.

–¿Y practicas en Canadá?

–O en Francia, o en China –respondió él–. Donde la nieve sea mejor.

–¿Además trabajas en algo relacionado con el esquí? ¿Tienes patrocinadores?

Él la miró un poco sorprendido. Kelsi no había querido avergonzarlo, pero no pensaba que hacer *snowboard* diera unos ingresos serios.

–Algo así. ¿Alguna vez has esquiado?

–No.

–Pero dices que te gusta el invierno.

–Sí. Me gusta acurrucarme con una manta delante del fuego.

–Eso es lo que se hace después de esquiar.

Kelsi fingió un escalofrío.

–Deberías probarlo. Ya verás como te gusta –afirmó él. Entonces, la salpicó un poco de agua–. No es tan difícil, ¿verdad?

–¿El qué? –preguntó ella. Cada vez que lo miraba, le subía más la temperatura.

–Admitir la derrota.

Kelsi dio un paso hacia el agua. Y luego otro. No estaba tan fría como había esperado.

Aquel hombre bronceado, relajado y a sus anchas la sonrió. Parecía interesado en ella. ¿Pero cómo era posible?, se preguntó Kelsi. Debían de ser imaginaciones suyas. Ningún hombre la había mirado nunca con tanto interés. Al menos, ninguno tan guapo como él.

Embriagada, se sintió bonita por primera vez en su vida e invadida por un poderoso deseo. Y decidió confesarlo sin tapujos.

—Has hecho que me moje —dijo ella, mirándolo a los ojos—. Si quieres hacerlo, por lo menos, hazlo bien.

Arqueando las cejas, Jack se acercó a ella. Sus ojos brillaban por el reflejo del sol y por algo más. Su voz estaba impregnada de sensualidad.

—¿Cuánto quieres que lo haga?

Ella no se movió, ni dejó de mirarlo a los ojos.

—¿Cuánto puedes hacerlo?

Capítulo Tres

Jack le acarició las clavículas con la punta de los dedos, luego el borde de la mandíbula.

–¿Quieres ahogarte?

Kelsi ya se estaba ahogando en un mar de deseo.

–Sí –susurró, y cerró los ojos levantando la cara hacia el sol.

Jack le rozó la boca con los labios, hasta que ella entreabrió los suyos y se puso de puntillas.

Él la sujetó de la nuca mientras la penetraba con su lengua con sensuales movimientos. Entonces, a ella le sorprendió lo poderoso de su deseo. Se había sentido atraída por él desde el primer momento en que lo había visto, pero no se había dado cuenta de la innegable química que bullía entre los dos. Comprendió que cualquier amago de modestia o pudor iba a quedar relegado al olvido desde el primer beso.

–Kelsi –murmuró él, apartando la boca unos milímetros–. Me voy a Canadá mañana.

–Qué bien –contestó ella, como hipnotizada, ansiosa por volver a sumergirse en su boca.

–Sí, pero...

–No pasa nada, Jack –dijo ella, acariciándole la mandíbula–. Disfrutemos de esta tarde.

En esa playa con sus infinitos granos, con las olas que subían y bajaban sin parar, Kelsi se sentía como si esa tarde pudiera ser tan interminable como las estrellas en el cielo. Además, saber que todo acabaría al día siguiente era mejor, pues así no tendría miedo al rechazo. Ya había sufrido bastante por eso en el pasado. Podía disfrutar de la libertad de vivir el presente, sin más.

Jack la miró de cerca a los ojos y se mostró satisfecho con lo que vio en ellos. Kelsi estaba entregada por completo al momento. Ella nunca se había sentido tan deseada, ni tan excitada. Ni había imaginado ser capaz de desprender más calor que una central termonuclear.

Mientras sus labios parecían unidos en un beso interminable, sus cuerpos se pegaban uno contra otro, frotándose, meciéndose. Él la sujetaba de la cintura, apretándola contra su erección.

En cuestión de segundos, Kelsi estaba lista para despegar. Gimió en la boca de él, desesperada por darle la bienvenida en su húmedo interior. Sin embargo, Jack la dejó desconcertada cuando dio una vuelta a su alrededor, muy despacio, posándole besos en el cuello y la cara, hasta quedar detrás de ella.

Los dos estaban de cara al horizonte, aunque ella estaba tan perdida en el deseo que no podía ver nada más. Temblando, sintió cómo él le deslizaba las manos por los muslos y le levantaba el vestido. A Kelsi no le importaba lo imprudente que estaba siendo, ni lo rápido que iba todo. Lo único que quería era sentir su contacto en todo el cuerpo.

Las piernas casi no la sujetaban, así que se apoyó en él. Jack la sostuvo de la cintura y tiró de ella para colocarla de rodillas, hasta que un centímetro de agua deliciosamente fría bañó sus piernas.

–¿Quieres surfear sobre algo? –preguntó él, acariciándole la nuca.

Kelsi intentó separar las piernas un poco más, para darle mejor acceso, pero las tenía medio hundidas en la arena mojada. Él estaba también de rodillas, sujetándola por detrás, tocándola en la espalda con su erección. Ella fue incapaz de responder, ahogada en jadeos ardientes, mientras él la besaba en los hombros y la inundaba con su aliento.

Con un fuerte brazo, Jack la sujetó de la cintura y movió la mano hasta deslizarla bajo su vestido y tras sus braguitas de seda. Ella se estremeció cuando empezó a tocarla de forma íntima, con cuidado, despacio. Con la otra mano, la abrazaba más arriba, masajeándole los pechos.

Frotándose contra él, Kelsi giró la cabeza para capturar su boca. Le gustaban sus besos intensos y profundos y le gustaba sentir cómo la sujetaba con fuerza. Allí, en la prisión de sus brazos, gimió de placer mecida por la dulce tortura de sus caricias.

Kelsi le recorrió los muslos con las manos, cada vez más deprisa y más excitada. Las caricias de él se aceleraron como respuesta y avanzaron un poco más, dentro de su húmedo calor.

Cuando la penetró con los dedos, ella gritó,

apretándose contra ellos, mientras le masajeaba el clítoris con el pulgar. Al borde del éxtasis, apoyó la cabeza en su hombro. Él la besó en el cuello, lamiendo y chupando.

Kelsi gimió de placer, incapaz de controlar la excitación, hasta que las convulsiones del orgasmo se apoderaron de ella. Cerrando los ojos, gritó sin pudor y su grito resonó en la playa desierta.

Cuando se dejó caer hacia atrás, abrumada por tanto placer, Jack le trazó suaves círculos en los muslos. Sus caricias hacían todavía más deliciosa aquella fantástica sensación de languidez y satisfacción.

–¿Ahora te sientes mejor? –le preguntó él al oído.

Kelsi no encontró palabras para describir cómo se sentía. Nadie le había hecho sentir nunca tan llena de vida, tan completa… y tan excitada.

Recuperando las fuerzas, se volvió hacia él y, sin decir nada, se levantó el vestido por la cabeza, se lo quitó y lo dejó caer sobre la arena.

Complacida, comprobó cómo Jack la observaba con deseo, tenía la frente sudorosa, cada músculo en tensión, la piel sonrojada.

Kelsi se alegró de haberse puesto su mejor conjunto de ropa interior negra de seda para ir esa mañana al salón de belleza. La respiración de su acompañante se hizo más entrecortada, mientras contemplaba embobado en encaje que le cubría los pezones.

Cuando ella alargó las manos para quitarle la camiseta, él levantó los brazos y se dejó hacer.

–¿Quieres seguir?

–Sí, por favor –rogó ella, y lo besó en el cuello, frotándose contra su barba incipiente.

–¿Estás segura?

–¿Tú no quieres? –preguntó ella a su vez, mirándolo a los ojos.

–Ay, cariño. Te deseo tanto que no lo creerías. Pero no te sientas obligada a…

–Nada de eso. Quiero hacerlo –respondió ella, mientras le recorría el pecho con las manos, admirando su físico. Era alto y musculoso, su piel no escondía ni un ápice de grasa.

Entonces, Kelsi lo besó, succionándole el labio. Por alguna razón, se sentía libre de explorar cualquier clase de fantasía con él. Mientras Jack la sujetaba de la cintura, lo besó como si nunca hubiera besado a nadie más, sin ocultar su pasión y su deseo. La timidez y la prudencia habían quedado desterradas.

–Vamos –dijo ella, tras acercarse un poco más. Ansiaba sentirlo dentro.

–Convénceme –la retó él con ojos brillantes y traviesos.

Excitada, Kelsi aceptó su invitación para jugar. Quería volverlo loco, hacerle suplicar por el orgasmo. Y quería volver a experimentar un éxtasis como el que todavía bullía en sus terminaciones nerviosas como una deliciosa corriente eléctrica.

Jack se quedó inmóvil mientras Kelsi le desabotonaba los pantalones cortos y le bajaba la cremallera. Su erección quedó libre. Ella lo empujó del pecho para hacer que se tumbara sobre la arena, junto a la orilla. A continuación, se montó a horcajadas sobre él, sin quitarse la ropa interior, y contempló aquel cuerpo perfecto y sensual. Sin duda, él sabía lo que estaba haciendo, pensó. Era un amante experimentado. Pero a ella no le importaba, porque ese día quería tener lo mejor. Nunca había tenido buenos recuerdos de sus relaciones sexuales anteriores, incluso su ex le había acusado de ser frígida. Sin embargo, haber tenido el orgasmo más maravilloso de su vida le daba confianza y, por la forma en que él la miraba, intuyó que no lo estaba haciendo tan mal.

Con una sonrisa en la boca, Kelsi intentó decidir por dónde empezar. Dejándose llevar por el instinto, le trazó un camino de besos y lametazos por el abdomen y supo al instante lo que quería hacerle. Quería darle placer con la boca, demostrarle toda su pasión hasta hacerle ver las estrellas.

Así que se fue directa a la erección. Él gimió cuando comenzó a besarlo y su cuerpo se tensó un poco más. Le lamió un poco primero, jugueteando con la lengua, antes de introducírsela en la boca. Era grande y sedosa, dura como el acero. Con una mano, imitó los movimientos de la boca, embriagada por su aroma, su sabor a sal, el calor del sol sobre la espalda. Al notar que él comenzaba a jadear, decidió utilizar ambas manos y la lengua y acelerar la velocidad de succión.

–Kelsi –gimió él–. Si quieres lo que creo que quieres, tienes que parar –le rogó–. Ahora.

Sonrojada, ella levantó la cabeza y lo miró. Sin soltarlo, dijo lo que pensaba.

—No quiero parar.

Kelsi quería verlo llegar al éxtasis, sin remedio y sin control… como le había sucedido a ella.

Con un rápido movimiento, Jack le bajó los tirantes del sujetador y posó las manos en sus pechos.

—Eres hermosa —susurró él y, bañándola un instante con su aliento caliente, se metió uno de los pezones en la boca.

Ella se estremeció y lo soltó sin querer. Entonces, él aprovechó para tumbarla sobre la arena y, besándola en el abdomen como un hombre poseído, le quitó las braguitas.

—Eres pelirroja —observó él, sorprendido al verle el pubis.

Avergonzada, deseó hacerse un ovillo y desaparecer. Estaba demasiado acomplejada por su verdadero color de pelo.

Jack la sujetó con firmeza y la penetró con su mirada azul mar.

—No me digas que pensabas teñírtelo hoy en el salón de belleza —comentó él—. Es precioso —añadió antes de inclinar la cabeza para lamerla como si fuera el néctar más sabroso del paraíso—. No te lo tiñas nunca.

Era la primera vez que un hombre insinuaba que le gustaba su color. Los pocos amantes que habían tenido siempre la habían hecho sentir incómoda y poco sensual.

–Lo digo en serio –insistió él, al darse cuenta de lo tensa que se había puesto. Acto seguido, continuó con lo que había empezado, intentando convencerla con su lengua.

Kelsi abrió las piernas, de nuevo excitada y caliente. Nunca se había sentido tan deseada. Jamás nadie la había tocado de esa manera.

–Jack.

–Sí –dijo él, se acabó de quitar los pantalones, sacó su cartera del bolsillo y un preservativo. En unos segundos, lo tenía puesto.

–He querido hacer el amor contigo desde el primer momento que te vi –confesó él con franqueza–. ¿Te ha pasado a ti lo mismo?

–Claro –admitió ella, recorriéndole la mandíbula con los dedos–. Eres muy guapo.

–Y tú me tienes embrujado.

A Kelsi se le endurecieron todavía más los pezones ante su cumplido y sonrió.

–¿Una bruja? ¿Ya no soy un vampiro?

Jack ladeó la cabeza y la contempló pensativo unos segundos. Su sonrisa creció.

–Creo que, mejor, eres una ninfa.

–Una ninfa… –repitió ella, cada vez más húmeda. Arqueó las caderas hacia él–. ¿Eso crees?

–Una ninfa muy sexy –aseguró él, y le sujetó la cara con las manos–. Una ninfa que tiene que ser mía.

Kelsi sintió la arena caliente y mojada en la espalda, pero el cuerpo de él, encima del suyo, estaba aún más caliente.

–Eres muy menuda –observó él, frunciendo el ceño–. No quiero aplastarte.

–No lo harás –repuso ella, mirándolo con los ojos muy abiertos.

De todas maneras, Jack se posó sobre ella con cuidado. Kelsi volvió a arquear las caderas, frotándose contra la punta de su erección. Quería que la poseyera sin miramientos y sin cuidado.

Sus ojos se entrelazaron y, con un poderoso movimiento, la penetró. Ella gritó al sentirse llena de él.

–¿Demasiado?

–Quiero más –rogó ella, loca de deseo–. Por favor, más.

Tras una pausa, Jack la penetró en más profundidad. Ella se estremeció y gritó de gozo, mientras la llevaba más y más cerca del éxtasis. Sus cuerpos, pronto, encontraron el mismo ritmo. Se movían juntos como si siempre hubieran estado así.

Estaban desnudos bajo el sol abrasador, bañados por las olas que llegaban a la orilla. No había pasado, ni futuro, ni inocencia, ni experiencia. No había nada más que ellos dos y la magia que los envolvía. La sensación de libertad era abrumadora… tanto que Kelsi deseó poder hacer con él todo tipo de cosas.

Entonces, llegó el clímax.

Puro y salvaje.

***

Kelsi abrió los ojos solo un poco y vio el cielo azul sobre ellos. Sus corazones galopaban al unísono. Las olas los bañaban una y otra vez. Estaba por completo desnuda debajo de un hombre casi desconocido, en una playa desierta. Era hermoso.

–Gracias –murmuró ella.

–Ha sido un verdadero placer –respondió él tras un momento. Levantó la cabeza y la apoyó en una mano–. Quería traerte aquí para seducirte –admitió.

–Me alegro de que lo hayas hecho.

Jack sonrió.

–Todo el mundo sabe que el aire fresco despeja la cabeza.

Eso y un hombre que era todo sensualidad, pensó ella.

–Pero tienes que protegerte del sol –dijo él, acariciándole el hombro.

Al momento, Jack se lanzó al mar, se sumergió y dio unas brazadas. Parecía un pez en el agua.

Kelsi suspiró, sin querer moverse, pero la marea estaba subiendo y, si no se incorporaba, acabaría ahogándose. Su ropa interior más cara estaba flotando en el agua, estropeada por la sal y la arena. La sacó, hizo una pelota con ella y la guardó dentro del sombrero, que también estaba empapado. Por suerte, su vestido había caído un poco más arriba y estaba casi seco. Estaba lleno de arena. Su pelo y su piel, también. Poco importaba eso, cuando acababa de tener la experiencia sensual más intensa de su vida.

Se giró para ver cómo Jack salía del agua. Su

piel había quedado limpia de arena. Tenía el cuerpo más increíble que ella había visto jamás.

–Bueno… ¿entonces te vas a entrenar a Canadá? –comentó ella, tras aclararse la garganta. Necesitaba hablar de algo.

–Sí. He perdido demasiado tiempo en recuperarme y ahora tengo que volver a las pistas –afirmó él y, después de ponerse la ropa, caminó a su lado hacia el coche.

Sintiendo que se le endurecían otra vez los pezones, Kelsi recordó lo que acababan de hacer. Había pasado demasiado rápido y sabía que, en cuanto se subieran al coche, el hechizo se rompería. Sin embargo, quería sentir la magia un poco más. Y lo deseaba de nuevo.

Tragando saliva, intentó calmarse. Sabía que era una locura, pero solo podía pensar en besarlo, en repetirlo todo. Abrumada por tanto deseo, se tropezó. Él la agarró de la muñeca evitarlo.

–¿Kelsi? –dijo Jack y, con suavidad, la atrajo contra su pecho.

Ella lo miró, confusa por el mar de emociones que se agitaba en su interior. Nunca había tenido un encuentro sexual como aquel. Nunca se había sentido tan deseada, ni tan a gusto con ningún hombre.

Y le estaba tan agradecida que tenía ganas de llorar.

Jack la levantó en el aire para poder besarla. La deseaba de nuevo. Pero no podían hacerlo otra vez.

Kelsi temblaba cuando la apoyó en el capó del coche.

–Solo tenía un preservativo –confesó él con un gemido–. Tener hijos no entra en mis planes.

–No.

–Tenemos que parar.

–Mmm –murmuró ella acariciándole el pecho con gula.

–Eso que haces no es de mucha ayuda, Kelsi –protestó él, y le sujetó de las muñecas.

Sin embargo, fue incapaz de no besarla, sobre todo porque ella parecía tan decepcionada como él se sentía. A pesar de la intensidad con que habían hecho el amor en la playa, solo quince minutos después estaba otra vez duro y excitado.

Maldiciendo para sus adentros, la devoró sin remedio. Por primera vez, había encontrado a una mujer capaz de igualarlo en su pasión. Y le había dado la experiencia más inolvidable de su vida. Sin embargo, se esforzó en que sus besos fueran suaves y calmaran su apetito en vez de incendiarlo.

Mientras, ella lo mordisqueaba y le succionaba el labio inferior, enredándole los dedos en el pelo y apretándolo contra su boca. Besarla era irresistible, reconoció Jack para sus adentros. Y la idea de volver a poseerla se convirtió en un imperativo. Podía llevarla a su hotel para que pasaran la noche juntos. La química que bullía entre los dos y su compatibilidad sexual le asombraban, dado que sus físicos no tenían mucho en común.

Cuando levantó la cabeza para admirar su belleza, Jack se dio cuenta de que el cielo comenzaba a oscurecerse. Unos negros nubarrones se acercaban a gran velocidad. Canterbury era famoso por ofrecer cuatro estaciones en un solo día y, al parecer, el tiempo había pasado de verano a invierno en pocos minutos. El viento se levantó, frío y desagradable. A ella se le había puesto la piel de gallina. Tenían que irse, pero él no quería separarse de ella.

–Tenemos que volver a la ciudad –señaló Jack sin ocultar su frustración–. Va a llover.

Kelsi levantó los ojos hacia él. Parecía decepcionada y agotada.

–Yo conduciré –se ofreció él. Para impedir que ella protestara, la besó de nuevo.

Cuando llevaban diez minutos de camino, Kelsi ya se había quedado dormida. Tenía un aspecto dulce y vulnerable… Pero no era su tipo, se dijo Jack.

Volviendo la vista a la carretera, se reprendió a sí mismo por lo que había hecho. No había podido evitar hacerle el amor, eso era cierto. Sin embargo, no cabía duda de que era una mujer sensible y delicada. Si no se apartaba de ella nada más llegar a la ciudad, acabaría haciéndole daño. A él le gustaba divertirse con mujeres fuertes, capaces de disfrutar del sexo sin lazos emocionales. Y Kelsi apenas había podido mantener el tipo al pensar que lo había atropellado. Diablos, incluso era posible que ella siguiera en estado de shock y él acabara de aprovecharse de la situación, caviló, sintién-

44

dose fatal. No podía dedicar el resto del día a satis-
facer sus fantasías sexuales con ella... por mucho
que su cuerpo lo deseara. Adivinaba que no estaba
acostumbrada a tomarse el sexo como un juego. Y
no quería herir sus sentimientos.

Por eso, era mejor que todo terminara en ese
momento.

Mientras esperaba que se abriera un semáforo
en rojo, la despertó con un pequeño beso. Sería el
último, se prometió a sí mismo.

–¿Dónde vives?

Kelsi parpadeó y respondió. Él la llevó directo a
la dirección que le indicó, decidido a poner punto
y final a aquel delicioso interludio antes de que no
pudiera resistirse a la tentación.

–¿No quieres que te deje en alguna parte?

Jack negó con la cabeza.

–Me sentará bien caminar.

Pararon delante de un gran edificio victoriano
de cuatro plantas. Estaba bastante descuidado y tenía un cartel de «se vende» en la entrada. Proba-
blemente, Kelsi tendría que mudarse pronto, pensó él.

–Tienes una casa muy grande.

–La mansión tiene cuatro apartamentos inde-
pendientes –explicó ella, arrugando la nariz.

Jack salió del coche, tratando de ignorar su de-
sazón. No le gustaban las despedidas. Ella se acercó, descalza, y se puso delante de él de puntillas.

–Tenías razón, Jack –afirmó Kelsi, sosteniéndo-
lo la cara entre las manos–. Muchas gracias.

Él tragó saliva y asintió. En cierta manera, le dolió que ella aceptara sin rechistar que no podía haber nada más entre los dos. Y no le gustaba demasiado que le diera las gracias, como si le hubiera ofrecido algún tipo de servicio.

Acto seguido, Kelsi se dio media vuelta y comenzó a caminar hacia la puerta. Quizá no era tan sensible como él había creído. Tal vez, podía besarla de nuevo y convencerla para que exploraran las delicias de su cama…

–Buena suerte con tu entrenamiento –gritó ella, antes de desaparecer detrás del gran portón de madera.

Jack intentó relajarse. Se dijo que acababa de pasarlo bien en la playa con una chica encantadora y que eso era todo. Nada más.

Sin embargo, no pudo quitarse de encima la molesta sensación de que había dejado atrás parte de sí mismo.

Capítulo Cuatro

Siempre había un alfiler dispuesto a pinchar un globo. Y Kelsi no tardó mucho en encontrarlo. Solo tuvo que introducir en el motor de búsqueda de Internet las palabras «Jack», «*snowboarder* profesional» y «Nueva Zelanda».

Jack Greene llenaba cientos de páginas. Trabajaba como modelo para la cadena de deportes de invierno de donde le había conseguido el sombrero. Era toda una celebridad en el mundo del *snowboard*.

Por si fuera poco, era miembro del Trust Pure Greene, propietario de Karearea, unas selectas pistas de esquí a un par de horas de distancia de Christchurch. Era el campo de juegos de invierno preferido de la élite neozelandesa, de la gente famosa y los más ricos hombres de negocios. Las más conocidas estrellas de Hollywood se habían alojado en su hotel de lujo.

Aquel hombre estaba forrado, comprendió ella, contemplando una visita virtual al complejo turístico.

También encontró algunos vídeos donde Jack desafiaba la ley de la gravedad y se lanzaba por pendientes imposibles, daba saltos mortales en medio del aire y aterrizaba como si nada, de una pieza y de pie. Solo unos milímetros de error de cálculo habrían bastado para que se hubiera hecho pedazos en más de una ocasión.

Encima, tenía por lo menos cinco páginas en Internet creadas por sus fans, donde aparecían fotos suyas como modelo o en medio de algún salto. Kelsi desconocía que ese deporte contara con tantos seguidores. Igual que las estrellas del rock, los *snowboarders* tenían sus seguidores, la mayoría hermosas y atléticas. Algunas se retrataban dando saltos en una tabla en la nieve, otras aparecían en bikini en lo alto de alguna colina nevada.

Entonces… ¿por qué diablos Jack Greene se había molestado en prestarle atención a ella?

Debía de haber estado muy aburrido. Quizá había querido entretenerse un poco antes de tomar el avión. Era la única explicación que se le ocurría. Al menos, Kelsi se alegraba de haber sido capaz de despedirse con sofisticación y desapego, a pesar de que, por dentro, había esperado que él le hubiera pedido pasar juntos el resto de la tarde.

Nunca en su vida había tenido un encuentro sexual tan espontáneo y sensual con nadie. Nunca había tenido una aventura de un día. Antes de eso, solo había practicado sexo con la única pareja que había tenido, y no de una forma tan salvaje y desinhibida.

A la mañana siguiente, Kelsi deseó no tener que levantarse de la cama. Intentó convencerse de que había sido solo un sueño. Si no hubiera tenido agujetas por lo que había hecho el día anterior, tal vez lo habría conseguido.

Suspirando, se incorporó. ¿Cómo iba a mirar a sus compañeros de trabajo a los ojos? ¿Cómo iba a confesarles que había echado a perder su cita en el salón de belleza?

–Vaya, estás muy guapa –le dijo Tom, que trabajaba en frente de ella en la oficina–. Estás resplandeciente.

Vaya, podía ser porque le había dado el sol el día anterior, pensó ella, llevándose la mano al cuello para ocultar un chupetón, recuerdo de Jack.

–¿Qué tratamientos te has hecho? –preguntó Tom, sin dejar de mirarla.

–Un nuevo tipo de masaje con arena –contestó ella, sonrojándose.

–¿Arena? ¿Del Mar Muerto o algo así?

–Algo así –murmuró ella.

–Increíble –comentó Tom, arqueando las cejas–. Voy a llevar a mi novia para que se de un masaje de esos. Ha hecho maravillas contigo –añadió, y se acercó un momento para mirarle a los ojos–. ¿De qué color te los has puesto hoy?

–Rosa –repuso ella.

A pesar de sus esfuerzos por concentrarse en el trabajo, no pudo dejar de recordar lo que había pasado. Quizá enamorarse de hombres mujeriegos fuera algo genético, pues su madre había cometido el mismo error. Su padre había sido el casanova del pueblo. La había engañado y la había utilizado y, luego, las había abandonado a ella y a su hija.

Pero su padre no estaba a la altura de Jack Greene. Jack debía de ser todo un conquistador y debía de estar acostumbrado a dejar atrás a las mujeres después de seducirlas. Le gustaban los retos, iban con su estilo de vida.

Lo cierto era que Kelsi no podía echárselo en cara. Él no le había hecho ninguna promesa. No la había mentido ni había fingido sentir nada por ella… de hecho, había tenido cuidado en dejarle claro que todo terminaría al día siguiente.

Por otra parte, había sabido cómo mirarla, cómo tocarla para hacerle sentir especial. Era un maestro en las artes de la pasión. Sin duda, para él, su encuentro no había tenido nada de especial. Por eso, lo mejor que podía hacer era olvidarlo cuanto antes.

Le pasó la aspiradora decenas de veces al coche para eliminar los restos de arena, hasta que se rindió y contrató un servicio de limpieza profesional, que se lo devolvió oliendo a químicos y no a playa ni a sol ni a sexo. A pesar de ello, seguía acordándose de Jack cuando miraba al asiento del copiloto. No podía sacárselo de la cabeza. Soñaba con él, se imaginaba que lo veía en la distancia en la calle y, en la oficina, se sorprendía mirando embobada hacia las colinas, fantaseando con estar detrás de una de ellas, en una playa desierta, con él…

Nadie podía compararse a Jack. Su cuerpo era lo más bello y perfecto que ella había visto jamás.

Para intentar olvidarlo, se volcó en el trabajo. Comenzó a quedarse hasta tarde en la oficina, ocupándose de varios proyectos a la vez, con la esperanza de poder dormir por la noche.

Semanas después, agotaba, cuando aparcó delante de su casa, le sorprendió ver que había alguien parado en su puerta. Era raro, pues ella era la única inquilina que quedaba en el edificio. Aminorando el paso, parpadeó, pensando que sus ojos la engañaban de nuevo.

No podía creerse que fuera él.

—Hola, Kelsi.

—Jack —dijo ella y tragó saliva—. Qué sorpresa.

—Sí. Quería verte.

No era posible que siguiera interesado en ella, se dijo. Por eso, no se atrevió a preguntarle por qué quería verla.

—¿Quieres entrar a tomar café? —invitó Kelsi. Así, de paso, ella también tomaría una taza y, quizá, podría despejarse un poco la cabeza y comprobar si estaba soñando despierta o no.

—Sí, gracias.

Jack no podía quitarle los ojos de encima mientras la seguía escaleras arriba. Llevaba un extraño tocado negro en el pelo y un vestido plateado brillante y suelto que, al andar, dejaba adivinar sus delicadas curvas. Parecía una etérea ninfa de la noche. Y lo excitaba de forma incontrolable. Esperaba que su desapego fuera solo un disfraz, una forma de protegerse. Al menos, no se parecía en nada a la forma calurosa en que solían recibirle sus otras amantes. Pero ella no se parecía a ninguna otra. Ese era el problema y esa era la razón por la que lo tenía hipnotizado.

Mientras Kelsi abría la cerradura, Jack percibió su respiración acelerada y el color que le subía a las mejillas. El cuerpo de él respondió al instante. En las semanas pasadas, no había podido dejar de pensar en aquella mujer tan ardiente, salvaje y sensual y en el día que habían pasado juntos en la playa.

Necesitaba concentrarse en su entrenamiento y sacársela de la cabeza si no quería echar a perder la temporada. Jamás ninguna mujer había interferido así en sus objetivos. Aunque ella lo ignorara por completo, su trabajo se estaba viendo perjudicado por la extraña obsesión que se había apoderado de él. Estaba furioso consigo mismo por ser tan patético. Sin embargo, no había llegado tan lejos dejando que sus necesidades personales entorpecieran sus ambiciones. Y no iba a cometer ese error en el presente. La medalla de oro tenía que ser suya.

Solo esperaba que su plan funcionara. Había decidido que, si volvía a verla, comprobaría que la química que había entre los dos no era tan espectacular y que había idealizado su recuerdo con la distancia.

Pero, al tenerla delante, tuvo que reconocer que se había equivocado. Lo único que quería era poseerla de nuevo. Era tan bonita y tan sensual como recordaba.

De todos modos, antes de nada, tenía que comprobar qué sentía ella. Por el momento, se estaba mostrando reservada y distante y evitaba mirarlo a los ojos.

Para ganar tiempo, Jack miró a su alrededor en el piso, que estaba abarrotado de cosas. Había libros en estanterías en todas las paredes. Sin duda, Kelsi era la clase de persona a la que le gustaba guardar. Él, sin embargo, prefería ser libre para viajar sin ataduras y no guardar nada para no tener que ocuparse de ello.

Jack tardó unos momentos en encontrar un orden en el caos visual que lo rodeaba. Cada cosa estaba colocada en su sitio, por muy raro que pareciera. Como la escalera de tamaño liliputiense que partía de una esquina del salón y llegaba… al techo.

–¿Por qué? –preguntó él, señalando el extraño artilugio.

–¿Por qué no?

De acuerdo, se dijo Jack, sonriendo. La distancia que ella intentaba marcar era una tentación. Volvió la vista hacia otro lado para distraer la atención porque, si seguía mirándola, acabaría por subírsela al hombro como un hombre de las cavernas para poseerla sin contemplaciones. Pero él no era un hombre rudo. Además, al parecer, ella debía de arrepentirse de algo de lo sucedido, quizá por eso se mostraba tan reservada.

Jack detuvo la vista en una pared que exhibía un marco gigante, vacío, sin ni siquiera un lienzo en blanco dentro.

–¿Y esto?

–Mira –señaló ella, y apretó un botón.

Entonces, una imagen apareció de pronto dentro del marco. Jack miró al techo, donde había un proyector de diapositivas. Eran de pinturas de arte moderno, bastante raras.

–¿Has estudiado arte?

–Historia del arte, sí.

–¿Tú también eres artista?

–Formalmente, no –contestó ella–. Pero me gusta jugar a serlo –reconoció, pasando un par de diapositivas más.

–¿No tienes ningún paisaje?

–¿Te refieres a paisajes de montañas?

–Sí –afirmó él con una sonrisa.

–No –repuso ella, dejando el control remoto del proyector en la mesa.

Riendo, Jack caminó alrededor de la habitación. Pasó junto a una flor enorme y delicada, que parecía a punto de perder los pétalos si la tocaba, colocada en un florero de cristal que tenía una pegatina con la palabra «veneno».

–Tienes cosas muy raras –comentó él, posando los ojos en una estantería repleta de adornos sobre otra estantería por completo vacía.

–Son cosas que parecen no tener sentido –admitió ella–. Es una manera de liberar la imaginación. Anima mi creatividad.

¿Cómo? ¿Con una colección de animales de plástico trepando por la pared?, se preguntó Jack, arqueando la ceja al fijarse en un pequeño rinoceronte que tenía un abrebotellas colgado de un cuerno.

–El misterio está a la orden del día –indicó ella–. Se trata de eso.

Jack la miró. Sí, el misterio estaba justo ante sus ojos. Y, en ese momento, la deseaba más que el aire que respiraba.

Jack la miraba en silencio. La hacía sentir incómoda y tan caliente que le sorprendía no echar humo.

–¿Qué estás haciendo aquí? –preguntó ella, sin pensar.

–Estoy decidiendo si eres real o una alucinación fruto del *jet lag*.

¿Jet lag? ¿Acababa de volver de Canadá?, se preguntó ella.

–¿Y cómo vas a averiguarlo?

Como respuesta, él le dedicó una sensual sonrisa. Pero no podía dejarse embelesar por su sonrisa otra vez, se dijo a sí misma.

–Soy una ilusión –le susurró Kelsi, tras acercarse a pocos milímetros–. No soy real.

Jack rio. Ella dio un paso atrás y se dirigió a la cocina para servir el café y, sobre todo, para guardar las distancias de nuevo.

–¿Qué tal tu viaje? ¿Cómo te ha ido el entrenamiento?

–No tan bien como debería –repuso él, tras seguirla hasta la puerta de la cocina.

–¿No?

–Mi rodilla necesita un poco más de tiempo

para recuperarse. Tengo que seguir con la fisiote-
rapia. No tiene sentido seguir intentando entrenar
cuando no estoy preparado.

–Ah –dijo ella. Le había parecido verlo subir las
escaleras sin problema y moverse con la agilidad
de una pantera. Su cojera había desaparecido.
Pero debía de dolerle la articulación en esos saltos
que desafiaban a la muerte, caviló.

–¿Y tú? ¿Qué tal estás? –quiso saber él, acercándose a ella un poco más.

Kelsi tuvo que esforzarse en seguir respirando.
No quería que él notara lo mucho que la afectaba.
Ese hombre era un profesional, tanto en el deporte como en el sexo. Y ella era solo una principian-
te. El único recurso que le quedaba era usar el humor para romper la tensión.

–La verdad es que no –dijo ella–. La vida no ha
vuelto a ser igual desde la última vez que te vi.

–¿No? –preguntó él, quedándose rígido.

–No –negó ella con tono sombrío–. Gracias a ti,
me han quedado cicatrices para siempre –añadió
y, con gesto teatral, se llevó la mano a la nariz–.
Tengo tres pecas nuevas.

–Pecas –repitió él.

–Tres. Del sol.

Jack sonrió y se sentó.

Ella sonrió también.

–Creo que no comprendes lo grave que es.

Él rio y, de pronto, se puso serio.

–Diablos, creí que ibas a decirme algo mucho
peor.

–¿Qué podría ser peor? –replicó ella con tono burlón.

–Aquel día podría haber tenido otras consecuencias a largo plazo.

–Las pecas son consecuencias a largo plazo. No puedes deshacerte de ellas.

–Pero un hijo puede cambiarte la vida más que las pecas –indicó él, y rio de nuevo–. Creí que ibas a decirme que estabas embarazada.

Kelsi rio, pero su risa se convirtió al momento en un amago de ataque al corazón.

–¿Kelsi?

No podía estar embarazada. ¿O sí?, se dijo ella. ¿Había tenido el periodo desde entonces?

–Ha pasado un mes, Kelsi. Deberías saberlo ya.

Sin embargo, Kelsi había estado tan volcada en trabajar más de la cuenta que no había prestado atención a algo como el periodo. Ni siquiera había tenido tiempo de volver a teñirse el pelo, por eso siempre llevaba tocados que se lo ocultaban.

–¿Kelsi?

Aturdida, ella trató de recordar la fecha de su última menstruación. Pero se quedó en blanco.

–Utilicé preservativo –indicó él.

–Sí –dijo ella con voz quebrada–. ¿Y lo comprobaste después?

Kelsi adivinó que él también estaba intentando poner orden en sus recuerdos, cuando con el agua hasta la cintura habían cambiado de posición una y otra vez, disfrutando de la pasión más desenfrenada.

–Después, me di un baño –señaló él–. Me lo guardé en el bolsillo para tirarlo luego.

Así que no lo había comprobado. Podía haberse roto, se dijo Kelsi. Ninguno de los dos lo sabía.

–Vamos –indicó él, y le dio la mano con firmeza. Sin decir más, la llevó a la calle, hasta el coche–. Dame las llaves.

Ella obedeció y se dejó guiar hasta el asiento del copiloto. Se sentó, llevándose las manos al pecho.

–¿Adónde vamos?

–A la farmacia. A comprar una prueba de embarazo.

Kelsi fue en silencio durante el breve trayecto. Una vez en la farmacia, no podía dejar de ver productos infantiles en todas partes: pañales, pasta de dientes para niños, loción para bebés…

–No puedo hacerlo –murmuró ella.

Jack no respondió. Se limitó a pedir dos cajas de distintas marcas, tomó a Kelsi del brazo y salió de allí.

–Vamos a buscar un sitio. Debe de haber un baño público por aquí –dijo él.

–No pienso hacerlo en cualquier sitio. Me voy a mi casa –repuso ella, perpleja.

–Voy contigo –dijo él, frunciendo el ceño.

Al ver su mirada de determinación, Kelsi supo que no tenía sentido discutir. Cuando hubieron llegado, él la siguió de cerca. Ella podía sentir su aliento en la nuca mientras abría la puerta. Pero, al llegar al baño, trazó el límite.

–Voy a hacerme la prueba en privado.

–Claro. Te espero aquí –dijo él, y se apoyó en la pared que daba al baño.

Kelsi no se había hecho jamás una prueba de embarazo. Con el estómago encogido por los nervios, sostuvo el indicador delante de los ojos, esperando a ver si su vida se había echado a perder para siempre. Había elegido la caja más cara, pensando que sería la más fiable.

De pronto, en una ventanilla del artefacto, se iluminó la palabra «¡embarazada!».

Kelsi se encogió.

Un embarazo no planeado ya era bastante mala noticia. Encima, había sido fruto de una sola noche de pasión. Por muy impactante que hubiera sido para ella, no había sido más que una aventura pasajera.

Cerró los ojos, aunque no podía dejar de ver aquella palabra iluminada en su mente.

Debía de ser un error, se dijo, y abrió la segunda caja para repetir la prueba.

Capítulo Cinco

Jack llamó a la puerta. Nunca había estado tan impaciente en toda su vida.

—Kelsi. ¿Estás bien? Abre.

Solo obtuvo silencio como respuesta. Llevaba ya diez minutos allí dentro, en completo silencio.

—Abre o echaré la puerta abajo.

Intentando relajar los músculos, llamó otra vez. Tenía más adrenalina corriéndole por las venas que en sus saltos más difíciles.

Hubo una respuesta sofocada. No era buena señal.

La puerta se abrió y Jack le vio la cara.

Mala señal. Muy, muy mala.

—No te preocupes —dijo él, más a sí mismo que a ella—. Todo va a ir bien.

Diablos. No era cierto. Kelsi pasó de largo delante de él, tendiéndole ambos indicadores con el signo positivo.

¿Era esa la razón por la que no había podido quitársela de la cabeza en las últimas semanas?, se preguntó él. ¿Podía ser por una cuestión de intuición masculina?

No. Había sido por puro deseo, reconoció para sus adentros. Durante todo el día y toda la noche, solo había podido pensar en ella. Hasta que no había podido contenerse más y había ido a verla. Había dejado de lado su entrenamiento, que debía ser lo más importante para él, con la intención de terminar lo que habían empezado. En ese momento, sin embargo, su pesadilla se había convertido en una película de terror.

De pronto, otra idea le asaltó a la mente. ¿Lo había sabido ella? Quizá había tenido la intención de ocultárselo. ¿Se lo habría dicho alguna vez?

–Podemos enfrentarnos a ello –aseguró Jack, rompiendo el silencio.

Kelsi no dijo nada. Parecía en estado de shock.

Entonces, cuando intentaba trazar un plan, Jack entró en pánico. Solo de pensar en el nacimiento de un bebé se echó a temblar.

–Es mío, ¿verdad? –preguntó él, sin pensarlo.

–Verdad –repuso ella, rígida.

Maldición. Había cosas que necesitaba explicarle, se dijo él. Pero, en ese momento, Kelsi ya tenía bastante encima, pensó.

–Asumo plena responsabilidad. Fui yo quien…

–Y yo acepté –le interrumpió ella–. No te culpo.

Un largo silencio se cernió sobre ellos. Mientras, Jack no podía dejar de darle vueltas a una duda que lo carcomía.

–¿Puedo preguntarte algo?

–Claro –repuso ella.

–Si yo no hubiera venido aquí esta noche, ¿me habrías llamado cuando lo hubieras averiguado? ¿Habría sabido alguna vez que iba a ser padre?

–No me conoces en absoluto. Por supuesto que te lo habría dicho.

Kelsi se giró hacia la ventana, dándole la espalda. Qué desastre. Su prioridad era liberar a Jack de aquella carga. Él era un tipo que vivía para los deportes de riesgo y para viajar como un ave migratoria por el mundo. No estaba preparado para ser padre y ella no quería que se sintiera atrapado y resentido. Tampoco quería tener a alguien que le amargara la vida como su padre había hecho con su madre. Y con ella. No quería que su hijo se llevara un disgusto cada vez que su padre no acudía a una cita.

–¿Sabes qué? No me avergüenzo de lo que hicimos en la playa –señaló ella de pronto–. Yo lo disfruté, ya lo sabes. Pero eso es irrelevante. Vamos a necesitar tiempo para hacernos a la idea –añadió, tragando saliva–. Solo quiero pensar qué hacer –indicó. Y quería que él se fuera y la dejara en paz para decidirlo tranquila.

–¿Mi opinión a la hora de decidir cuenta para algo?

–No –negó ella con tono firme–. No me conoces. No sabes qué decisiones podría considerar.

–Entonces, sugiero que nos conozcamos –propuso él, acercándose–. Rápido.

Kelsi se puso tensa al instante. Más le valía a Jack no intentar ponerse dominante, ni decirle qué debía hacer. Pero, sobre todo, más le valía no intentar convencerla para mantener una relación que él nunca había pretendido tener.

–No pienso irme, Kelsi –advirtió él–. No voy a dejarte sola. Yo no actúo así. Podemos superarlo juntos. Podemos...

–No vamos a casarnos –le interrumpió ella, antes de que pudiera hacerle ninguna proposición sin sentido–. No voy a casarme contigo. Hoy en día, ya no es necesario.

Jack abrió los ojos de par en par.

–No tienes por qué preocuparte. No tengo un padre que pueda perseguirte a punta de escopeta. Es una estupidez.

Jack se quedó callado. Al parecer, necesitaba esforzarse en respirar. Kelsi necesitaba sentarse. Deseaba que él se fuera para poder digerir la noticia. Lo que quería era llorar... a solas.

–Kelsi –dijo él en voz baja–. Yo tampoco quiero casarme. Nunca he tenido intención de contraer matrimonio.

¿Ah, no? Ella se sonrojó al momento, rezando porque la tragara la tierra.

–Tienes razón –continuó él con tono suave–. La gente ya no se casa para tapar un embarazo imprevisto.

Aunque estaba de acuerdo, a Kelsi le enfureció escucharlo de sus labios.

–Algunas personas tampoco llevan adelante los embarazos imprevistos.

La forma en que él reaccionó, sobresaltándose ante su insinuación, le hizo a Kelsi dar un paso atrás.

–No quiero esto ahora. Tengo una profesión, tengo trabajo que hacer...

–No tienes que preocuparte por el dinero –le espetó él con rabia–. Yo os mantendré al niño y a ti.

–No –negó ella, encogiéndose–. No es necesario. No tienes que ocuparte de nada. Olvídalo y punto.

Jack se había puesto pálido.

–Quieres deshacerte del bebé.

Ella cerró los ojos, conteniendo las lágrimas.

–No. Lo siento, pero esa opción no existe para mí.

Kelsi era el resultado de un embarazo no buscado y la boda consiguiente. Por eso, sabía de sobra que esa clase de matrimonios no salían bien. Pero estaba agradecida por estar viva. Nada de lo que estaba pasando era culpa del bebé. Ella lo amaría por muy imprevisto que hubiera sido su embarazo. No dejaría que su bebé pagara por el error que ella había cometido.

–No lo sientas –repuso él tras un momento–. Yo me alegro.

Kelsi tardó unos segundos en recuperar la respiración.

–No tenemos que decidir nada juntos. Esto es asunto mío. Es mejor que no tengamos esta conversación esta noche –señaló ella.

–Kelsi, ¿dónde está tu madre? –preguntó él con suavidad.

Ella se encogió. ¿Cómo iba a decírselo a su madre? Había dedicado todo su esfuerzo para conseguir el éxito que su madre había soñado para ella. No quería decepcionarla. Durante toda la vida, había tratado de ser la hija ideal: buena estudiante, trabajadora tenaz. Y no una tonta hedonista que lo echaba todo a perder tras una tarde de lujuria en la playa. ¿Cómo podía admitir que había sido tan estúpida? No podía soportar perder la aprobación de su madre. No cuando le había costado tanto ganársela.

—No voy a contárselo todavía —contestó Kelsi en un susurro.

Jack se sintió peor al ver lo pequeña y vulnerable que ella parecía. No pudo evitar abrazarla. Quería consolarla, solo un poco. Pero ella se apartó de su contacto y lo miró llena de furia.

—No.

De acuerdo. Jack lo comprendía. Era un momento delicado y los dos estaban preocupados.

—No has cenado —observó él.

—No tengo hambre.

—Iré a por algo. Vuelvo dentro de veinte minutos —dijo él—. Luego, podemos seguir hablando.

Un poco de tiempo les sentaría bien a los dos. Mientras vagaba entre las tiendas del final de la calle, Jack tenía el corazón en un puño. Nunca había querido ser responsable de otra persona. Había tenido siempre cuidado de no mantener ninguna relación estable, de no desarrollar apego por ninguna de sus amantes. No estaba preparado para tener un compromiso de ese calibre. Le gustaban la variedad y los retos... tanto profesionales como personales.

Y, sobre todo, le gustaba su libertad.

Sin embargo, tampoco le gustaba que nadie le dijera que sobraba. Le molestaba pensar que todo lo que estaba dispuesto a ofrecer era por completo prescindible. Durante un instante de locura, incluso estuvo a punto de insistir en que se casara con él. Quería probar que ella no era tan autosuficiente como pensaba. Sí, tenía un trabajo, coche y esas cosas, pero su casa era de alquiler y no era una mujer demasiado rica. Además, no pensaba dejar que se librara de él con tanta facilidad.

Por otra parte, era verdad que a él no se le había ocurrido la opción del matrimonio hasta que ella lo había rechazado.

Respirando hondo, Jack trató de recuperar la cordura. Kelsi tenía razón. No era preciso que se casaran. Él mantendría a su hijo, por supuesto. Diablos, era algo que no le costaba mucho ofrecer. Sabía lo difícil que había sido para su padre salir adelante en los primeros años, cuando él era pequeño. La estabilidad económica había sido su prioridad. Al menos, Kelsi no tenía que preocuparse por eso. Él se ocuparía de la que no le faltara de nada.

Sin embargo, no tenía intención de estar presente a tiempo completo. Su vida no funcionaba así. Aunque tampoco quería ser relegado del todo. Lo cierto era que no había esperado que Kelsi tratara de apartarlo de esa manera. Mientras había estado esperando los resultados de la prueba, se la había imaginado indefensa y necesitada, buscando su ayuda. Su rechazo le había tomado del todo por sorpresa.

También debía tener en cuenta el impacto brutal que un embarazo causaba en el cuerpo. Kelsi era una mujer pequeña. ¿Podría soportar el peso de llevar un bebé en el vientre?

El niño podría matarla. Jack lo sabía, pues su madre había muerto en el parto.

Sumido en tan aciagos pensamientos, aceleró el pasó, tratando de superar el miedo.

No se repetiría la misma historia. No podría soportarlo. Kelsi tendría a su alcance toda la atención médica que su madre no había tenido.

Veinte minutos después, sin una pizca de hambre y la misma sensación de devastación, regresó a la casa de Kelsi con un par de cajas de comida china para llevar.

Ninguno de los dos probó bocado.

–Estaré bien –afirmó ella con una sonrisa forzada–. Todo saldrá bien.

–¿Sí?

–Claro –asintió ella–. Tengo trabajo. No paso dificultades económicas. No será fácil, pero podré sobrellevarlo.

Por alguna razón, su comentario no hizo que Jack se sintiera mejor. ¿Acaso estaba ella sugiriendo que no quería su dinero? Era ridículo, se dijo, poniéndose tenso.

–¿Qué vas a hacer con el niño?

–Cuando nazca, puedo seguir trabajando desde casa. Después, volveré a la oficina a tiempo parcial y aumentaré la jornada cuando el niño crezca.

–Lo has pensado bien –comentó con sarcasmo.

–No he podido pensar en nada más –repuso ella con tono frío.

De acuerdo. Jack sabía que había muchas madres trabajadoras en el mundo y muchas madres solteras también. Sin embargo, un instinto primario le impulsaba a proteger y mantener a su mujer y a su hijo. Al mismo tiempo, no podía reprimir la necesidad, cada vez más imperiosa, de poseer a esa mujer.

–¿Y qué pinto yo en todo esto?

–Nada.

–¿Cómo? –preguntó él, tenso.

–Ya te he dicho que no tienes por qué preocuparte –señaló ella, apartando la mirada–. Puedo ocuparme yo sola.

–Ya –dijo él con rabia–. De acuerdo, imaginemos que es así –añadió, y se acercó unos pasos–. Digamos que puedes ocuparte sola y no me necesitas.

Kelsi se quedó petrificada. Antes de que pudiera reaccionar, él la tomó entre sus brazos y la levantó del suelo. La cabeza comenzó a darle vueltas cuando acercó su boca a la de ella.

En sus labios, Kelsi saboreó rabia, pero también pasión. Y no pudo hacer otra cosa que rodearle el cuello con los brazos y aferrarse a él. No pudo contener su respuesta y se abrió a él, sintiendo cómo la invadía el deseo una vez más. Él era todo fuerza, todo calor. Y todo furia.

Sin compasión, Jack la besó hasta hacerla sucumbir. En cuestión de segundos, ella comenzó a besarlo también con una salvaje intensidad que era incapaz de controlar. De pronto, sin embargo, entró en pánico y lo apartó de un empujón.

Cuando Jack la soltó de golpe, ella soltó un grito sofocado.

–¿Y qué hacemos con esto?

Kelsi se apresuró a dar tres pasos atrás, sumida en un mar de emociones tumultuosas. ¿Por qué la había besado así?

–¿Es que te parece buena idea complicar las cosas? –le acusó ella, temblando.

–Ya son complicadas. No creo que puedan empeorar.

–Estás de broma, ¿no?

–Todavía te deseo.

–Cualquier otra te valdría en mi lugar –le espetó ella, llena de furia.

Jack se quedó paralizado, conmocionado. Oh, oh, se dijo Kelsi. Había ido demasiado lejos, pero no le importaba. Estaba enfadada con él pero, sobre todo, consigo misma. Su vida estaba a punto de hacerse pedazos y, a pesar de todo, solo podía pensar en tener sexo con él. Solo por un beso.

–¿Cuántas veces lo has hecho? ¿Es tu forma de operar habitual? ¿Sueles llevar a las mujeres a la playa para seducirlas en la arena como si fueran tontas?

–Si así fuera, ¿no crees que se me habría ocurrido llevar más preservativos encima? –le gritó él–. Sí, he tenido amantes, Kelsi, pero nunca había llevado a nadie a la playa. Nunca había hecho el amor a cielo descubierto en pleno día. Nunca había dejado de asistir a reuniones de trabajo solo para pasar unos horas más con una mujer de aspecto extraño que acababa de atropellarme. Ha sido mi primera vez en todo eso.

Aspecto extraño, claro, se dijo Kelsi.

–¿Por qué no te vas ya, Jack? –rogó ella, desesperada–. Te libero de cualquier obligación hacia mí. Vete, olvídame. El niño y yo estaremos bien.

–No puedo hacer eso, Kelsi. Me gustaría, pero no puedo –respondió él, enfadado.

Le gustaría, claro, pensó ella, todavía más herida.

–¿Por qué no? Vas de un continente a otro y eres libre como un pájaro. Tu forma de vida no encaja con tener una familia. Pero no pasa nada. Si te vas ahora, será lo mejor para el bebé.

Él debía comprender que no sería justo para ninguno de los tres si se forzaba a hacer algo que, en realidad, no quería, caviló Kelsi.

Tras un instante de silencio, Jack se acercó a ella de nuevo.

–Puede que, si me voy, sea lo mejor para ti, pero no para nuestro hijo. Nunca me convencerás de eso. Un niño se merece tener dos padres que lo quieran.

¿Igual que su padre la había querido a ella?, se dijo Kelsi. Durante toda su infancia, su padre la había dejado siempre en segundo lugar. Para él, había sido mucho más importante divertirse y ser libre.

–¿Eres capaz de querer a un niño, Jack? –le espetó ella, conteniendo las lágrimas–. ¿Serías capaz de estar ahí cuando te necesita? ¿De hacerte responsable?

Cuando el silencio se hizo demasiado incómodo, Kelsi lo miró. Él estaba pálido y rígido. Lleno de rabia.

–No necesito que me des sermones sobre el tipo de padre que debo ser –señaló él en un tono que ponía los pelos de punta–. No sabes nada acerca de mí, pero te prometo que eso va a cambiar –añadió, y se giró–. Ahora me voy, antes de que digamos algo que podamos lamentar. Te llamaré mañana.

Entonces, salió, dando un portazo que hizo temblar hasta los cimientos del edificio.

Capítulo Seis

Kelsi sabía lo suficiente sobre Jack. No quería atraparlo. Él tenía su vida y sus planes, que no encajaban con la idea de familia. Tampoco quería que su hijo tuviera un padre invisible, que apareciera y desapareciera sin parar. Ella sabía cuánto dolía eso. Su padre siempre la había dejado en la estacada. Por si fuera poco, luego, había encontrado otra familia a la que había dado prioridad.

Sin poder librarse del amargo aguijón del rechazo, Kelsi se juró que haría lo que fuera para que su bebé no pasara por lo mismo. Era mejor que no tuviera padre que tener uno como el suyo. Y, aunque sabía que Jack tenía buenas intenciones, acabaría dejándolos en la estacada. Era solo cuestión de tiempo. Por eso, tenía que convencerle de que podía irse y dejarla sola.

A primera hora de la mañana, Jack llamó.

—¿En qué puedo ayudarte? —repuso ella, como si fuera la telefonista de un centro de atención al cliente.

—Kelsi, no te hagas la tonta. Tenemos que hablar.

—Yo creo que no, Jack. De hecho, creo que es mejor que no volvamos a vernos.

–¿Cómo dices?

–Debemos terminar nuestra relación en este momento –indicó ella, y contuvo la respiración, esperando a que estallara la bomba.

Como única respuesta, Jack soltó una carcajada.

–¿Acaso crees que eso es posible?

–Claro –afirmó ella, agradecida porque no pudiera verla temblar.

–No vas a pasar por esto sola, Kelsi.

–Mi madre pudo hacerlo. Millones de mujeres lo consiguen.

–No –negó él.

Ella apretó el teléfono con más fuerza.

–Pediré la custodia compartida.

Kelsi se quedó helada.

–No hablas en serio –dijo ella. Ocuparse de un bebé echaría a perder su vida social. Por no hablar de sus aventuras en otros continentes.

–Claro que sí. Quiero participar de su crianza.

Ella se estremeció.

–Bueno. Puedes intentarlo –contestó Kelsi al fin, con la esperanza de que nueve meses de embarazo bastarían para que él olvidara su ímpetu–. Pero, hasta que el bebé nazca, no tenemos por qué volver a vernos.

Se hizo un silencio tan largo que ella pensó que había colgado.

–Kelsi –dijo él con tono helador.

–¿Qué?

–Ni se te ocurra escaparte.

Kelsi le colgó y se forzó a prepararse para el trabajo. Eligió unas lentillas de color negro, a juego con su ánimo funerario. No podía escaparse. No quería renunciar a la vida que se había construido allí, ni a su trabajo. Además, no quería volver a casa de su madre y confesarle lo que había pasado.

Había hecho justo lo que su madre le había advertido que no hiciera jamás. Kelsi sabía que no lamentaba haberla tenido, pero quería que su hija tuviera las oportunidades y la libertad de que ella había carecido a causa de un embarazo no buscado. Se suponía que no debía haber cometido el mismo error.

Por otra parte, pensó que la amenaza de Jack era un farol. No la asustaba. Lo que sí la asustaban eran sus sentimientos hacia él. Sus inmensos ojos azules, su sonrisa encantadora, su cuerpo hecho para el placer la abrumaban y la incitaban a rendirse a sus pies. El deseo la invadía y la empujaba a acercarse a él.

Era mejor que no volvieran a verse. No quería que le hiciera sufrir como su padre había hecho con su madre, con infidelidades y promesas rotas. Ella sabía que Jack era un mujeriego, y no un tipo con quien formar una familia.

Quizá, tras unos meses, podría verlo sin sentirse afectada. Estaría tan gorda y tan incómoda con su propio cuerpo que no le quedara una pizca de deseo.

***

Jack había esperado que Kelsi se hubiera calmado. Pero se había equivocado de cabo a rabo. Se había puesto tan furioso que había acabado lanzándole amenazas que ni siquiera sabía si quería cumplir. ¿Custodia compartida? ¿Cómo se le había ocurrido decir algo así? Si estaba fuera del país la mitad del tiempo… Lo único que sabía era que no pensaba quedarse al margen. Ella necesitaba su ayuda, le gustara o no, y la obligaría a aceptarla.

Sin poder dejar de darle vueltas, Jack respiró hondo, tratando de calmarse. En el fondo, sabía por qué ella se mostraba tan esquiva, tan poco razonable y tan obcecada.

Estaba asustada. Él no podía culparla, porque estaba también aterrorizado.

No podía haber elegido un momento peor para dejar a una mujer embarazada, caviló. Tenía que centrarse en ponerse en forma si quería competir en los próximos campeonatos del hemisferio sur. Si quería llevarse la medalla de oro en las olimpiadas, era el momento de prepararse. Si dejaba pasar la oportunidad, para la siguiente olimpiada sería demasiado viejo.

Diablos, en vez de estar ahí como un tonto, debía estar entrenando. Por eso, tenía que arreglar las cosas con Kelsi cuanto antes.

Kelsi no confiaba en él. No podía culparla. Sin embargo, le molestaba que lo juzgara sin conocerlo. ¿Qué sabía de él? Lo más probable era que hubiera buscado su nombre en Internet. ¿Se habría creído todo lo que se decía de él? Era injusto y eso le dolía. Cuando había dicho que estaba dispuesto a mantenerla, había hablado en serio.

¿Pero qué podía hacer con su deseo? Cada vez que pensaba en ella, experimentaba una erección, pero eso no significaba que fuera una especie de maniaco sexual dispuesto a perseguir a cualquiera con falda, como ella le había acusado. Aunque había tenido muchas amantes, no le gustaba utilizar a la gente. Y, aunque no podía ofrecer un compromiso estable, sí podía ofrecer respeto.

Ella no tenía ni idea del impacto que le había causado. Tampoco pensaba confesárselo mientras tuviera tan mala opinión de él. Mientras tanto, iba a tener que esforzarse en no desearla.

De todas maneras, quería que Kelsi lo conociera mejor y comprendiera que lo había juzgado mal. No tenía intención de dejarla sola con el bebé. Pensaba aportar algo más que sus genes.

Jack nunca escapaba de un reto… y el que ella lo rechazara lo convertía en un reto todavía mayor. Lo único que podía hacer era no rendirse y no perder el buen humor. Al fin y al cabo, de eso se trataba la vida, se dijo.

Después de hablar con su abogado, llegó con él al edificio donde Kelsi vivía antes de la hora de comer. El único apartamento ocupado era el suyo, los otros tres pisos estaban vacíos. No era un lugar seguro para que una mujer viviera sola.

***

Cuando Kelsi volvió a casa esa tarde después de trabajar, vio una gran pegatina en la puerta principal de su edificio con la palabra «Vendido». Durante semanas, desde que se había puesto a la venta, había esperado que la crisis inmobiliaria durara años. Pero, al parecer, iba a tener que mudarse. Lo que le faltaba.

Cuando fue a abrir la puerta principal, se la encontró forzada. Con el corazón acelerado, oyó voces que provenían de las escaleras. Había cuatro hombres en el primer piso hablando. Cuando uno de ellos la vio, bajó adonde ella estaba.

–¿Qué estás haciendo aquí? –preguntó ella con el pulso acelerado.

–Ahora vivo aquí –contestó Jack, como si fuera lo más normal del mundo.

–¿Qué? –dijo ella, perpleja, contemplando cómo otro de los hombres lo observaba todo a su alrededor y tomaba notas en un cuaderno.

–He comprado el edificio.

–¿Que has hecho qué?

–Estaba en venta. Lo he comprado.

–¿Así, sin más?

–En metálico –señaló él con una sonrisa–. El dinero contante y sonante mueve montañas.

Kelsi tragó saliva, tratando de no quedarse embobada mirándolo. Los ojos de él brillaban y los de ella habían estado deseando volver a verlo.

–¿Qué vas a hacer con cuatro pisos?

–Voy a convertirlo en una casa.

Ella se agarró a la barandilla.

–Entonces, vas a echarme.

–No –negó él, riendo, y dio un par de pasos más hacia ella–. Voy a reconvertir los otros tres pisos, mientras tú sigues en el tuyo. Cuando llegue el bebé, podrás mudarte a la parte grande y yo me quedaré en tu piso. Así, estaré cerca de los dos. Tú podrás trabajar desde casa y yo podré ver a mi hijo a menudo. Es la solución perfecta.

Tenía poco de perfecto para ella. ¿Iban a compartir el mismo techo? ¿Cómo iba a superar sus sentimientos hacia él si lo veía a todas horas?

–Ya no tendrás que pagar más alquiler.

Kelsi se quedó callada.

–Van a hacer un poco de ruido durante unos días, pero espero que las obras se terminen pronto. El edificio no será muy seguro mientras tanto. ¿Puedo pagarte un hotel para que te mudes durante las próximas semanas?

–No. Me quedo aquí –dijo ella con firmeza. En su vida, estaban cambiando demasiadas cosas. Y no quería que, de pronto, fuera él quien moviera todas las fichas de la partida.

–Sí, contaba con que dirías eso –repuso él con una sonrisa de seguridad–. Me he mudado al apartamento que hay junto al tuyo.

–¿Que has hecho qué?

–Vivo en la puerta de al lado.

–No es necesario que hagas eso –indicó ella, tratando de reprimir un involuntario escalofrío de excitación.

–Sí, lo es.

–No lo hagas por mí –insistió ella, y pasó de largo frente a él. Pero era inútil. Seguía sintiendo su magnetismo de todos modos.

–No. Estoy harto de los hoteles. No te preocupes –aseguró él–. Ni siquiera te darás cuenta de que estoy aquí –añadió, guiñándole un ojo con cara traviesa.

Eso era imposible, pensó ella. Era un hombre alto, imponente y musculoso. Para colmo, en parte, le emocionaba la idea de tenerlo tan cerca. Debía de ser masoquista, se reprendió a sí misma. Sin mirar atrás, corrió a su apartamento, abrió la puerta y la cerró con llave después de entrar. Acto seguido, se dejó caer en el sofá y se llevó las manos a la cabeza, intentando calmar su respiración.

Todo estaba pasando demasiado rápido. En menos de veinticuatro horas, su vida se había puesto patas arriba. Y Jack estaba dispuesto a tomar el control de todo.

Cerró los ojos e intentó no pensar en nada.

Una llamada a la puerta hizo que la adrenalina volviera a dispararársele. Solo podía ser una persona.

Cuando abrió una rendija y se asomó, allí estaba Jack, con una radiante sonrisa.

–No funciona la cocina de mi piso. ¿Te importa si uso la tuya? Hoy no he comido –indicó él, levantando una bolsa de la compra en la mano–. Y tengo ganas de cenar pronto.

–¿Vas a cocinar tú?

–Sí.

Kelsi estaba agotada, tanto que no podía discutir. Abrió la puerta del todo, lo dejó pasar, volvió a tumbarse en el sofá y cerró los ojos.

Jack podía hacer lo que quisiera en la cocina. Durante un rato, lo escuchó trajinar con los cacharros e intentó no imaginarse su cuerpo perfecto…

–Kelsi.

Ella abrió los ojos. El atractivo rostro de él estaba a milímetros del suyo, como en sus sueños.

–Tengo de sobra, por si te apetece.

¿Que si le apetecía?, se preguntó ella, mirando embobada su pelo revuelto, el brillo de sus ojos, los hoyuelos que le salían al sonreír.

–Kelsi –repitió él con más firmeza.

Ella parpadeó. Poco a poco, la mente se le aclaró. La boca se le hizo agua.

–Huele muy bien –observó ella, incorporándose.

–Ven a ver.

Con la cabeza todavía un poco embotada, lo siguió a la cocina. La mesa estaba puesta con dos platos.

Contenían un apetitoso filete con patatas. En el centro, había un bol con ensalada de lechuga, tomate, aguacate y piñones.

–No es nada demasiado elaborado –dijo él, sentándose.

Era mucho más elaborado que el plato de pasta precocinada que ella solía cenar.

–No era necesario que te molestaras.

–No me gusta pasar hambre y preparar un poco para ti era lo menos que podía hacer a cambio de dejarte la cocina hecha un desastre.

Ella miró a su alrededor.

–Ya lo he limpiado. Pensé que no me dejarías volver si no lo hacía –indicó él, riendo.

Kelsi se sentó, forzándose a no mirarlo.

–Pero harás que te arreglen la cocina, ¿verdad?

–Mmm –dijo él, después de probar el primer bocado.

Kelsi tampoco tenía ganas de hablar, así que empezó a comer. Estaba demasiado rico como para dejarse nada en el plato. No había sospechado que Jack supiera cocinar.

–Comer sano es importante –observó él cuando casi hubieron limpiado sus platos–. Pero tendrás que ir al médico. Necesitas tomar vitaminas, ácido fólico y esas cosas.

–No sabía que fueras un experto en embarazos –comentó ella, dándole un trago a su zumo de naranja recién exprimida.

–He hecho algunas investigaciones. Si va a ser mi único hijo, es mejor que ate bien todos los cabos.

–Soy yo quien va a tener el hijo, Jack.

–Pero ya hemos acordado que yo también voy a participar –repuso él con una sonrisa–. A partir de ahora.

Kelsi agarró el cuchillo con más fuerza.

–Bueno, no tienes por qué preocuparte. He ido

al médico esta mañana. Ya tengo toda la información necesaria y sé qué vitaminas tomar.

–¿Qué médico? ¿Un especialista?

Kelsi lo miró sorprendida.

–Mi médico de cabecera. Contactaré con la matrona dentro de unas semanas.

–Y con un especialista. Debe verte un buen especialista.

¿A qué se refería? ¿Acaso quería que la viera un equipo de obstetras y ginecólogos para quedarse tranquilo? Sin embargo, esa noche no tenía ganas de discutir. Necesitaba dormir.

–De acuerdo. Pediré cita con alguno.

–¿No crees que tienes que bajar tu ritmo de trabajo?

–No –negó ella, sin poder contener su desacuerdo–. Estoy embarazada, Jack, no enferma. Y no tienes por qué ponerte a reformar la casa.

–Claro que sí. Necesitas un hogar y esto te gusta. Pero no tenías suficiente dinero para comprarlo –contestó él, tenso–. No vas a tener que preocuparte nunca por el dinero, Kelsi, te lo aseguro.

De pronto, ella se sintió llena. Dejó los cubiertos sobre la mesa.

–Puedes confiar en mí –dijo él con tono grave–. Yo confío en ti. Sé que sabrás cuidar de ti misma y del bebé.

–No me queda otra opción.

–Lo sé. Y a mí no me queda otra que ayudarte como pueda. Quiero que el bebé y tú viváis en un lugar seguro.

Sin embargo, Kelsi no quería depender de él. Antes o después, Jack dejaría de mantenerlos. Siempre pasaba eso.

–Si mi oferta hiere tu orgullo, lo siento –comentó él.

No era su orgullo lo que Kelsi trataba de proteger, sino el corazón que le latía alocadamente en el pecho. Quizá, si convivía con él y lo conocía mejor, le serviría para confirmar que eran incompatibles.

–¿Cómo es que no tienes tu propia casa?

–Nunca me quedo demasiado tiempo en el mismo sitio.

Jack le clavó el tenedor con rabia a su último pedazo de carne. Quería terminar la cena e irse cuanto antes de su casa. Estando tan cerca de ella, no podía evitar desearla. Pero había querido asegurarse de que comiera. Estaba más pálida de lo normal y parecía cansada. Tan hermosa...

Por una parte, había creído que vivir allí sería una buena solución. Pero, por otra, le estaba resultado una tortura tenerla a su lado y no poder hacerla suya. Había tenido que contenerse para no besarla cuando había ido a despertarla al sofá y ella lo había mirado con ojos somnolientos y... calientes.

–Siempre me quedo en un hotel –explicó él. Y era allí donde debería estar en ese momento. Dándose una ducha fría.

–¿Y qué pasa con tu centro turístico?

–¿Karearea?

Ella asintió.

Así que había investigado, adivinó Jack. ¿Acaso creía que lo conocía por eso?

–Es un hotel también –afirmó Jack, encogiéndose de hombros–. No suelo quedarme allí a menudo y, cuando lo hago, es en una habitación de huéspedes.

–Pero es tu hogar, ¿no?

Jack se movió incómodo en su asiento. Él no lo consideraba su hogar. Solo se sentía a gusto cuando estaba yendo de un lugar a otro.

–Lo lleva un encargado. Yo voy mucho en la temporada de esquí. Pero para mí es solo… un negocio.

Jack había sido nómada desde su nacimiento. Había acompañado a su padre cuando el viejo organizaba expediciones a lugares lejanos. Quedarse en un sitio demasiado tiempo le producía picores. Necesitaba libertad. Pero también necesitaba sentirse realizado y eso era lo que conseguía del deporte. Le ayudaba a llenar la sensación de vacío.

–Lo de Karearea fue idea de mi padre –continuó él. Si se concentraba en hablarle de su vida, tal vez podría mantener a raya sus ganas de tender a Kelsi sobre la mesa y poseerla allí mismo–. Murió antes de terminarlo. Así que yo le tomé el relevo y contraté a un encargado. Estaba en una hermosa montaña, en la cumbre. Un viejo telesilla te lleva arriba y no hay muchas bajadas fáciles –comentó con una sonrisa, recordando sus pendientes nevadas–. Solo es apto para esquiadores expertos.

–Es tu campo de juegos.

–Más o menos –admitió él, deseando estar allí en ese momento y quemar su frustración sexual esquiando.

–Y es un negocio rentable.

–Sí. No podemos competir con las grandes estaciones de esquí, pero los clientes de nuestro hotel pagan por el placer de ser los primeros en pisar la nieve cuando se levantan.

Sus clientes eran multimillonarios que podían permitirse ir y volver del carísimo complejo de lujo en helicóptero. Era una buena manera de limitar el número de visitantes. Si fuera demasiado accesible, su belleza se perdería.

También era el lugar elegido por muchos atletas internacionales para entrenar.

Kelsi asintió. Entonces, ¿Jack se dejaba caer por allí en invierno y, cuando terminaba la temporada, se iba a buscar nieve a la otra punta del mundo? Vaya vida, pensó, celosa. Pocas personas eran tan libres para dedicarse en cuerpo y alma a lo que les apasionaba. Ella no era uno de esos afortunados.

Sin embargo, tampoco podía quejarse, se recordó a sí misma. Le gustaba tener su espacio para colocar sus pequeñas creaciones artísticas y una vida feliz y tranquila…

De pronto, una molesta duda la asaltó. ¿Se estaba perdiendo la parte más divertida? No había hecho nada más que estudiar y dedicarse a su trabajo. Siempre había ido a lo seguro. Había decidido retrasar sus planes de viajar hasta haberse asentado profesionalmente. Tal y como su madre le había aconsejado.

Era lo correcto, se dijo. Ella siempre había querido tener contenta a su madre y el éxito académico había sido una forma de hacerlo. Nunca se había arriesgado a salirse del camino marcado, temiendo recibir su rechazo.

Era demasiado tarde para viajar por el mundo. Dentro de unos meses, su vida consistiría en poco más que en cambiar pañales.

Cuando se giró, Kelsi vio a Jack metiendo los platos en el lavavajillas. Luego, cerró la bolsa de la basura. Parecía tener prisa por irse. Si nunca lo hubiera atropellado, sus caminos no se habrían cruzado. Solo había querido asegurarse de que ella comiera porque se sentía obligado.

Pero nada más. Ni la había rozado, ni mucho menos la había besado.

Los hombres, en general, no la encontraban atractiva. ¿Por qué iba a hacerlo un ejemplar tan imponente como él? Su aventura en la playa no había sido más que un pasatiempo para Jack. ¿Y el beso de la noche anterior? Cuestión de táctica, nada más. Al menos, ella no había sido tan patética como para demostrarle cuánto lo había deseado.

–Gracias por dejarme usar la cocina.

Sin levantar la vista de su vaso de zumo de naranja, ella asintió.

–Duerme un poco –dijo él antes de irse como un rayo.

Capítulo Siete

Un montón de personas llegaron a primera hora de la mañana y empezaron a hacer un ruido ensordecedor. Furiosa, Kelsi se levantó de la cama. A pesar de lo agotada que estaba, no había conseguido dormir hasta el amanecer. Tras vestirse, salió de allí dando un portazo.

Cuando volvió a casa después del trabajo, vio que la vieja valla de madera había sido sustituida por una valla metálica de casi tres metros. En la puerta había una enorme cadena con un candado enorme. Jack estaba hablando con el encargado de los sistemas de seguridad.

Kelsi miró hacia la casa. En la entrada había una caja con una luz parpadeante y el logo de una compañía de seguridad. Qué rapidez, pensó. Al parecer, Jack se había vuelto sobreprotector de la noche a la mañana.

Él se acercó a ella como si no tuviera ninguna preocupación en el mundo.

–¿Ahora voy a tener que memorizar una clave de veinte dígitos y hacerme un análisis de sangre para abrir la puerta? –le espetó ella.

–Funciona mediante un escáner de retina. Vas a tener que prescindir de tus lentillas de colores.

Jack rio cuando ella le lanzó una mirada asesina.

–¿Puedes arriesgarte a que alguien vea en tus ojos lo que te pasa por la cabeza? –se burló él.

Kelsi apretó los labios para no reír.

–¿Quieres saber lo que tengo planeado por el momento? –preguntó él, acompañándola a la entrada.

–No tengo especial interés.

Jack se contuvo para no estrecharla contra su pecho y obligarla a mostrar interés. Se le ocurrió una manera de provocarla.

–Bueno, no pasa nada. Solo quería que conocieras a Alice –comentó, y se quedó parado–. Ha venido a proponernos algunas ideas. Es diseñadora de interiores.

Cuando Kelsi le lanzó una mirada furiosa, él apretó los labios para no sonreír. Sí, acababa de retarla en su cara. Si tanto quería ella personalizar su espacio, era hora de que mostrara interés en el proceso de reforma…

Alice se asomó a la puerta con el ceño fruncido. Era una de esas diseñadoras dadas a los ambientes minimalistas con colores neutros y tejidos caros y de calidad. Un poco aburrido, en opinión de Jack. Además, representaba exactamente lo opuesto al estilo surrealista y poco común de Kelsi. Sin duda, se odiarían.

Nada más verse, ambas mujeres intercambiaron una rápida mirada de arriba abajo. Jack tuvo la irresistible tentación de provocarlas.

–Estaba pensando en poner una barra como las

que tienen las estaciones de bomberos para bajar del último piso a la planta baja muy rápido. Creo que podría ser una buena opción mientras se arreglan las viejas escaleras. Luego, igual podríamos dejarlo –indicó señalando al piso de arriba–. Sería muy útil, ¿no creéis?

Las dos se volvieron para mirarlo boquiabiertas.

–¿Una barra como las de los bomberos? –dijo Kelsi con tono estridente–. Genial. Así podrás invitar a tus amigas bailarinas de *striptease* a hacer una exhibición.

–Sí. Y estaba pensando en pintar la biblioteca de rojo –añadió sonriendo al ver cómo lo miraba.

–¿Va a haber biblioteca? –preguntó Kelsi.

–¿Por qué no? A ti te gusta leer –comentó Jack.

Kelsi abrió la boca, pero volvió a cerrarla sin pronunciar palabra.

–Una biblioteca me parece bien –señaló Alice, demostrando al momento que prefería esa idea a la de la barra de bombero–. Muy actual.

Jack sonrió. Kelsi se puso tensa.

–Eso pensé yo –dijo él.

–Si me disculpáis… –se excusó Kelsi, lista para desaparecer en su apartamento–. Encantada de conocerte, Alice.

Jack se excusó también y siguió a Kelsi escaleras arriba, con cuidado para no pisarle la larguísima falda dieciochesca que llevaba, con enaguas y sobrefalda incluidas. Era increíble el número de capas que podía llegar a ponerse, pensó, soñando con despojarle de ellas poco a poco. Pero debía centrarse, se dijo.

—Creo que puede aportar buenas ideas —indicó.

—Claro que sí —repuso Kelsi mientras rebuscaba en su bolso tratando de encontrar las llaves.

—¿Por qué no le enseñas tu apartamento?

—¿Te preocupa que nuestros estilos no encajen? Quizá es mejor que se ocupe ella de todo.

Jack se apoyó en el quicio de la puerta, a escasos milímetros, mientras ella se peleaba con la llave para abrir el viejo cerrojo.

A esa distancia, Jack pudo ver que se había sonrojado y el pulso le latía con rapidez. A pesar de que la puerta ya estaba abierta, ella no se movió. ¿A qué estaba esperando?

¿A él?, se preguntó Jack con satisfacción masculina. Sí, la atracción era mutua. Podía sentirlo. Sin embargo, quiso aprovecharse de ello y torturarla un poco. Estaba cansado de ser el más desesperado de los dos y no poder tenerla. Si ella también lo deseaba, la haría sufrir tanto como él estaba sufriendo.

Ansiaba poseerla, sí. Pero no haría nada a menos que ella se lo rogaba. Si lo hacía, debía tener cuidado, tenía que ir despacio y con suavidad. De pronto, su cabeza imaginó un desfile de escenas no aptas para menores con ella…

No. No debían complicar las cosas. ¿Por qué le costaba tanto recordarlo?, se reprendió. Su objetivo era arreglar las cosas cuanto antes e irse. Sus patrocinadores y sus compañeros contaban con él.

Además, su entrenador ya le había dejado tres mensajes. Tenía que controlarse.

–Esta noche voy a tener que pedirte permiso para usar tu cocina otra vez. No han podido arreglar la mía todavía.

–Debes hacer que te la arreglen cuanto antes.

–No es una prioridad –repuso él–. Pronto la quitarán de ahí de todas maneras.

Al fin, Kelsi entró en su casa, titubeó un momento y se giró hacia él.

–De acuerdo. Pero haz suficiente para mí.

Jack bajó las escaleras con una sonrisa pensativa. Al menos, había sido capaz de tentarla con la comida. Además, así, se aseguraría de que ella estuviera bien alimentada.

Kelsi se quitó los zapatos y se tiró al sofá. Había sido un día agotador y necesitaba recuperar fuerzas para enfrentarse a Jack otra vez a la hora de la cena.

Jugar a la familia feliz y a las casitas no iba a funcionar. Sabía que Jack quería engatusarla para que diera su opinión en la reforma y el diseño de la casa, pero no iba a hacerlo. No iba a dejarse engañar ni seducir por su encanto. Ella sabía que, pronto, Jack se iría y se quedaría sola con el bebé.

Tampoco podía pasar por alto el hecho de que él no estaría allí si ella no estuviera embarazada. Era la única razón.

Inquieta, no pudo evitar que toda clase de fantasías le asaltaran la mente. Era obvio que Jack había dejado de desearla. No había intentado nada con ella desde la noche en que habían averiguado que estaba embarazada. Sin duda, con una sola vez él había tenido suficiente.

Era una pena que a ella no le pasara lo mismo.

Por alguna razón, había creído que el embarazo acabaría con sus impulsos sexuales. Pero se había equivocado de cabo a rabo. Las hormonas parecían haber tomado las riendas y no podía dejar de recordar el cuerpo desnudo de Jack en la playa.

Solo veinte minutos después, él llamó a su puerta. Kelsi abrió y se hizo a un lado. Jack pasó demasiado cerca y la recorrió con la mirada, deteniéndose en los únicos fragmentos de piel que ella llevaba al descubierto, el cuello, los brazos y las manos.

Acto seguido, se fue derecho a la cocina y se puso manos a la obra, por completo concentrado en su papel de chef.

—¿Siempre eres así? —preguntó ella, sentándose en una banqueta en la cocina para observarlo.

—¿Cómo? —replicó él, sin levantar la vista.

—Con tanta concentración en todo lo que haces.

—Claro. Si hay que hacer algo, es mejor ponerse con ello para poder terminarlo cuanto antes y ponerse con otra cosa.

Sin duda, así era como Jack veía su situación en ese momento, caviló ella.

—No tiene sentido darle vueltas a la cosas. Hay que actuar, ¿no crees? —continuó, y puso algo en una sartén al fuego—. Si terminas el trabajo cuanto antes, tienes más tiempo para divertirte después.

–La diversión lo es todo para ti, ¿verdad?

–Igual que para cualquiera. ¿No debería todo el mundo organizarse para divertirse lo máximo posible? –sugirió él, y la miró con ojos ardientes–. La vida es para disfrutarla.

–Pero hay más cosas aparte de la pura diversión y los retos –objetó ella.

Jack arqueó las cejas.

–Quiero decir que, una vez que conquistas un reto, tienes que ir a por el siguiente. ¿Dónde se acaba la carrera? ¿Cuándo te das por satisfecho?

–Yo nunca estoy satisfecho –reconoció él. Dejó de cocinar y se quedó mirándola antes de ponerse a remover el contenido de la sartén con demasiado vigor–. Al menos, no durante mucho tiempo.

Kelsi recordó su aventura en la playa. Aquel día, ambos habían disfrutado, pero habían necesitado más. No, su satisfacción no había durado.

–Siempre hay un nuevo reto.

–Ya imagino –comentó ella con tono cortante.

Jack la miró un momento.

–¿Me estás juzgando otra vez?

–Admítelo, las mujeres son un reto para ti.

–Sí, me gustan las mujeres –admitió él–. Pero me gusta conocer a mis amantes. No suelo acostarme con una mujer y salir corriendo.

–¿Ah, no? –inquirió ella, furiosa–. ¿No es eso lo que hiciste el día de la playa? Hiciste el amor conmigo y desapareciste todo lo rápido que pudiste.

–Eso fue distinto…

–Es distinto solo porque estoy embarazada.

–Diablos, Kelsi –maldijo él, soltando la sartén de un golpe–. Sí, vas a tener un hijo mío. Quiero arreglar las cosas…

–De acuerdo, pero no tenemos que estar el uno encima del otro todo el rato. Ni tenemos por qué ser amigos –le espetó ella. Estaba ansiosa por perderlo de vista. Lo deseaba tanto que no podía soportarlo.

Entonces, Jack dio dos pasos hacia ella y la agarró del brazo. Con sus caras a pocos milímetros, clavó los ojos en sus labios, haciéndole subir la temperatura todavía más.

Kelsi fue incapaz de moverse. No quería romper aquel instante. Solo quería que él acercara su boca y la besara con la misma pasión que ella sentía.

–Tienes razón –dijo él tras unos segundos de tensión, y la soltó–. No tenemos por qué se amigos.

Perpleja, ella no se giró para verlo salir.

–Que disfrutes de la cena, Kelsi.

Kelsi no respondió a su sarcástico comentario de despedida.

Capítulo Ocho

Los obreros llegaron demasiado temprano otra vez y comenzaron a destruir paredes en la planta baja. Kelsi no vio a Jack en todo el día pero cuando volvió a casa del trabajo se encontró con una especie de parque de *skateboard* en el patio. Había toda clase de rampas de madera ensambladas formando complicados bucles. Cuando se encerró en su apartamento y oyó las ruedas de un monopatín sobre las rampas, tuvo que hacer un gran esfuerzo de voluntad para no asomarse a la ventana.

Esa noche, él no se presentó ante su puerta para prepararle la cena.

No iban a ser amigos. No iban a ser nada.

Eso no impedía que ella lo deseara. En medio de la noche, el insomnio la asaltaba y, en febriles fantasías, iba a verlo a su habitación, lo tocaba…

Al día siguiente, cuando Kelsi salió de la casa para ir al trabajo, se topó con él en la calle. Iba montado en su monopatín.

–¿Te entrena para el *snowboard*? –preguntó ella señalando el monopatín para romper el hielo.

–La verdad es que no –contestó él con fingida amabilidad–. En el *snowboard* tienes los pies fijos a la tabla. Solo uso el monopatín para relajarme.

95

Qué suerte, pensó Kelsi. A ella le encantaría tener algo con lo que relajarse.

–¿Has ido a pie al trabajo? –inquirió él tras un momento de silencio.

–Sí. Creo que es buena idea que me ponga un poco más en forma.

En opinión de Jack, ella estaba perfecta como estaba, pero asintió por cortesía. Contemplando su larguísimo vestido de seda, pensó que estaba muy sexy con él y, al mismo tiempo, temió que pudiera tropezarse con el borde que casi arrastraba por el suelo y caerse. Por una parte, quería poseerla con desenfreno y, por otra, ansiaba meterla dentro de una burbuja protectora para que no le pasara nada.

–¿Y vas andando con esos tacones?

Tras mirar al cielo con gesto burlón, Kelsi se levantó un poco la falda y le mostró las deportivas que se había puesto. Eran unas Converse All Stars, las preferidas de los *skaters*.

–Qué bonitas –dijo él, acercándose más–. Pero están demasiado nuevas. Tienes que darles un poco de trote –sugirió, señalándole el monopatín.

–No me gustan los monopatines.

Sin embargo, Kelsi estaba sonriendo. A Jack le encantaba verla sonreír.

–¿Igual que no te gusta la playa?

Ella se mordió el labio.

–Te reto a probarlo.

–Pero con mucho cuidado –aceptó ella tras pocos segundos.

Por supuesto, pensó él.

–Agárrate la falda o te tropezarás –le advirtió, aunque lo que, en realidad, preferiría era que se la quitara.

Kelsi se levantó un poco el vestido, dejando al descubierto los tobillos y unas pálidas pantorrillas que él miró como un hombre en el desierto miraría el agua fresca.

Jack la ayudó a ponerse de pie sobre la tabla y, cuando se hubo asegurado de que estaba bien colocada, la empujó un poco, con mucha suavidad. Al mirarla a la cara y ver que sonreía, tuvo deseos de llevársela a casa con él en ese mismo instante.

–Debo de estar ridícula.

Él negó con la cabeza, empujándola un poco más deprisa.

–Tienes aspecto de estar divirtiéndote.

La radiante sonrisa de Kelsi lo animó a ir un poco más rápido. Estaban dando vueltas por la acera como tontos, pero él no quería parar nunca.

Entonces, ella dijo que quería hacerlo sola. Se remangó la falda un poco más y, con expresión de concentración, tomó carrerilla y comenzó a dar vueltas alrededor de él. No se le daba nada mal. Quizá su baja estatura le facilitaba mantener el equilibrio, pensó Jack. Enseguida, ganó velocidad y, tomándolo por sorpresa, se dirigió a una de las rampas del patio.

–¡Kelsi! –gritó él, corriendo hacia ella.

Años de entrenamiento y sus rápidos reflejos le ayudaron a alcanzarla en un momento. Sin pensarlo, la agarró de la cintura, la levantó y la apretó contra su pecho. El monopatín se estrelló contra una rampa.

–¡Cuidado con tu rodilla! –exclamó ella.

A Jack no le importaba un pimiento la rodilla. Se había asustado.

–Nada de saltos mientras estés embarazada –le ordenó él con el corazón acelerado, como si acabara de salvarla de la muerte. Sin embargo, al instante, su miedo se desvaneció cuando miró a la mujer que sostenía en sus brazos.

Kelsi estaba riéndose a carcajadas, con la cabeza echada hacia atrás.

Al verla así, Jack recordó lo entregada que había estado aquel día en la playa y su cuerpo reaccionó como respuesta. Paralizándose, hizo un esfuerzo desesperado por controlar su erección.

–Quiero hacerlo otra vez.

Solo tenía que inclinarse un poco para besarla, se dijo él. Podía tumbarla allí mismo en el suelo y darle un placer aún mayor que el de jugar con el monopatín.

–¿Me enseñarás a dar saltos?

–Cuando tengas rodilleras, muñequeras, protector de codos y casco –contestó él. Y cuando no estuviera embarazada, pensó.

Él también quería hacerlo otra vez. Le encantaría volver a ver ese brillo de pura alegría en los ojos. Aunque no podía correr el riesgo, decidió, lleno de frustración.

La sonrisa de Kelsi se desvaneció.

–Es mejor que me vaya al trabajo –dijo ella, cada vez más sonrojada.

Sí, era mejor que se encerrara en sus ordenadores y su pequeña isla de seguridad, porque tenerla cerca no era bueno para el corazón de Jack.

De camino al trabajo, Kelsi se sentía imbuida de adrenalina y energía. Pero no era por el paseo en monopatín, sino por los momentos que había pasado en brazos de Jack. Era una tonta, porque estaba claro que él no quería nada con ella.

Esa noche, durante la cena, el antagonismo se cernió sobre ellos. Con cada mirada, Kelsi lanzaba un reto, en cada palabra buscaba un segundo sentido. Poco a poco, las palabras fueron más escasas, las miradas más largas, hasta que la tensión fue insoportable.

Kelsi solo pretendía protegerse. Para contener su deseo, imaginaba cómo sería su vida cuando viviera en la parte grande de la casa y él apareciera de vez en cuando para visitar a su hijo, llevando a su última amante.

Sería una tortura. Por eso, la solución de vivir juntos no podía funcionar a largo plazo.

Más tarde, cuando se quedó a solas en su apartamento, Kelsi no pudo resistir la tentación de asomarse a la ventana para verlo hacer sus ejercicios y, luego, practicar algunos saltos con el monopatín. Deseó poder estar allí fuera con él.

Jamás se le había ocurrido que podía gustarle el monopatín, ni que podía ser tan divertido. Jack sabía cómo divertirse y ella quería subirse a su barco.

Sin embargo, él no se lo había ofrecido.

Al fin, por suerte, llegó el viernes. Kelsi estaba deseando tomarse un descanso del trabajo y del ruido de las obras. Quizá, Jack se iría a alguna parte y ella podría tener tiempo para pensar y tomar una decisión respecto a su futuro.

Cuando se dirigía a la puerta principal para irse a trabajar, Jack la estaba esperando allí. Intentó pasar, pero él no se movió, bloqueándole la entrada. Con la punta de los dedos, le tocó las ojeras.

—No estás durmiendo lo suficiente —observó él.

Ella se apartó, incapaz de soportar su contacto.

—Ni tú —repuso Kelsi con voz ronca. Jack había adelgazado y estaba más pálido que la nieve.

—¿Estás segura de que los obreros no te molestan? —preguntó él—. Les he pedido que no empiecen hasta que hayas salido de casa para ir al trabajo y que paren de hacer ruido cuando vuelvas, pero quiero que terminen cuanto antes.

—No me molestan.

Lo que molestaba a Kelsi era saber que él dormía a pocos metros de ella. Y una aplastante sensación de soledad que no había experimentado nunca antes.

—¿Te encuentras bien? ¿No sientes náuseas por la mañana? —quiso saber él, mirándola a los ojos.

—Claro que no —mintió ella, sonrojándose.

—Kelsi, te he oído vomitar hace diez minutos.

—Entonces, ¿por qué lo preguntas?

—Porque quiero saber si puedes ser honesta conmigo.

–Jack…

–Ya hablaremos de eso, Kelsi. Todavía es muy pronto, ¿de acuerdo?

–Pero…

–Mira, sé lo difícil que es sacar adelante a un hijo para una persona sola. Sé que hay que renunciar a demasiadas cosas. Si lo hacemos juntos, tal vez no tengamos que hacer tantos sacrificios.

Sin embargo, Kelsi no quería que fueran amigos. Sentía por él algo mucho más complicado.

–¿A qué tuvo que renunciar tu padre? –inquirió ella, cambiando de tema.

–A sus sueños –contestó él tras un momento.

Pero eso no había sido nada comparado con la vida que su madre había sacrificado porque él naciera, pensó Jack. Lo que más le aterrorizaba de todo era la posibilidad de que a Kelsi le pasara algo. Su rodilla estaba mejor cada día y estaba deseando volver a entrenar aunque, por otra parte, notaba que ella estaba más débil por momentos y no quería dejarla sola.

–¿Te refieres al hotel? ¿A que murió antes de terminarlo?

–No –negó él, tratando de centrarse en la conversación–. Eso era solo un negocio para él.

–Entonces, ¿cuáles eran sus sueños?

Jack suspiró. No le gustaba hablar de esas cosas, pero quería acercarse a Kelsi. Ansiaba compartir con ella algo más que miradas esquivas.

–Mi padre era escalador. Le encantaba subir montañas. Pero después de… –comenzó a decir, y se interrumpió para tragar saliva–. Después de que mi madre muriera, dejó de hacerlo. Tenía que cuidar de mí y hacer dinero. Empezó organizando expediciones a las montañas. Como se le daba bien, el negocio creció. Además, se le daban bien las relaciones públicas. Era un hombre como encanto.

–Como tú.

La calidez y sinceridad de su comentario inundaron a Jack mientras continuaba con su relato.

–Yo lo acompañaba en todos los viajes. Él se ocupaba de contratar a los guías y dirigía el campamento base. Pero nunca más subió a las cumbres. No quería correr ningún riesgo. Yo ya había perdido a mi madre y no quería arriesgarse a dejarme huérfano de padre también. Así que dejó de lado sus propias ambiciones. Quería esperar a que tuviéramos estabilidad económica y a que yo fuera mayor.

–¿Y qué pasó entonces?

–Había planeado subir al Everest cuando hubiera terminado de construir el hotel. Pero sufrió un ataque al corazón y nunca pudo hacerlo.

–¿Crees que estaba amargado por no poder escalar cuando eras niño?

–Él me dijo que no –repuso Jack–. Me dijo que ya no le hacía tanta ilusión –añadió–. Pero él no lo había creído. Al menos, había aprendido de su padre una importante lección: no debía relegar sus sueños; si quería conseguir su objetivo, debía darles prioridad.

Su pasión era el *snowboard*. Para triunfar en ese

deporte, necesitaba concentración y seguridad absolutas. El embarazo de Kelsi se lo estaba poniendo difícil, aunque por suerte tenía algo que su padre no había tenido al quedarse viudo. Tenía dinero. Podía darles a Kelsi y a su hijo la estabilidad económica que necesitaban. De esa manera, podría concentrarse en su sueño, ¿o no?

–¿A ti no te gustaba escalar? –preguntó ella, mirándolo con interés.

–Es mucho más divertido bajar que subir. Y más rápido –repuso él con una media sonrisa–. Me pasé toda la infancia en las montañas. Hacía los deberes a toda prisa para poder salir a la nieve.

–Si viajabas tanto, ¿cómo hacías con el colegio?

–Iba parte del curso a un colegio en Nueva Zelanda y, cuando íbamos de expedición, venía un tutor conmigo. Los exámenes finales de secundaria los hice por correspondencia.

Kelsi frunció el ceño.

–¿Y qué es lo que quieres lograr?

–El oro olímpico –respondió él, sin dudar.

–¿Y por cuánto tiempo te durará esa satisfacción, Jack? –preguntó ella en un susurro.

Capítulo Nueve

Cuando oyó una llamada en su puerta, Kelsi se levantó del sofá. Sabía que sería Jack para preparar la cena.

–Oh, vaya –dijo ella con el corazón acelerado–. Um… um… yo… –balbució.

Jack entró.

–¿Qué esperabas?

Apoyándose en el quicio de la puerta, ella se deleitó con las vistas mientras él iba a la cocina. Se había puesto un traje. Llevaba un precioso esmoquin hecho a medida que le hacía parecer una estrella de cine.

–¿Vas a cocinar vestido así?

–Preparé algo anoche. Está en la nevera. Solo tienes que calentarlo bien y luego dejarlo enfriar.

¿Significaba eso que no iba a cenar con ella esa noche? Se había puesto sus mejores galas. ¿Tendría una cita?, se preguntó ella, hundida.

–Esta noche hay una cena benéfica a favor del deporte. Aunque las estrellas de la velada serán los jugadores de rugby y las chicas del voleibol, los demás vamos para comer gratis y por los seguidores que pagan para sentarse en nuestras mesas –informó él, guiñándole un ojo.

Kelsi respiró con cierto alivio. No era una cita. Pero la cena estaría llena de mujeres deseando conocerlo, se dijo, de nuevo angustiada.

–¿Quieres venir conmigo?

–Oh, no, gracias –negó ella, deseando que la tragara la tierra.

–¿Por qué?

Porque la estaba invitando por compasión, caviló ella. Podía habérselo dicho con más antelación, pero no había pensado hacerlo. Debía de haberla visto tan sola y patética ese viernes por la noche, que había sentido lástima.

–Estoy muy cansada –se excusó ella. Al ver la repentina mirada de preocupación de Jack, añadió–: Estoy bien. Solo quiero acostarme pronto.

–Dime que comerás algo, al menos –rogó él, sin dejar de fruncir el ceño.

–Tú vete –indicó ella, notando de pronto ganas de vomitar. Abrió la puerta–. No llegues tarde.

–No me apetece ir.

–Lo pasarás bien, ya lo verás.

Pero él seguía en medio del salón, sin moverse.

–¿Seguro que vas a estar bien?

–Sí. Vete –insistió ella con una sonrisa forzada.

Por suerte, Jack hizo lo que le decía. En cuanto hubo cerrado la puerta, Kelsi corrió al baño para vomitar.

Mientras se cepillaba los dientes, se miró al espejo y se preguntó si el bebé heredaría su color naranja de pelo y su piel blanca Esperaba que no. Ojalá solo heredara los genes de Jack, se dijo.

Era tan guapo… Era un hombre perfecto. No como ella.

No era guapa. No tenía don de gentes. Y, aunque podía ser buena diseñadora gráfica, su talento no se salía de lo normal.

Por el contrario, el padre de su hijo tenía cuerpo de modelo y era una estrella del deporte. Esa noche, tendría a miles de mujeres hermosas a sus pies. ¿Por qué iba a rechazarlas? ¿Por qué iba a preferirla a ella?

Era obvio que no lo haría.

Entonces, rompió a llorar. Deseaba haber sido guapa, haber nacido con cabello rubio y ojos azules. ¿Dónde estaba un hada madrina cuando se la necesitaba?

Inquieto, Jack caminó hasta la sala donde iba a celebrarse la fiesta. A pocos metros de allí, se detuvo en seco. No quería ir. No sin Kelsi. Solo quería estar con ella.

Por eso, se dio media vuelta.

Cuando llamó a la puerta de su apartamento, Kelsi no respondió. No estaba cerrado con llave, así que decidió asomarse para ver si estaba bien. Solo había estado fuera media hora. No había tenido tiempo de acostarse todavía.

La encontró en el sofá, abrazada a una montaña de cojines. Pensó que podía estar dormida, hasta que la oyó gemir.

–¿Kelsi?

Ella se incorporó sobresaltada y se tapó la cara.

–¿Qué haces aquí?

–Yo no… ¿Qué te pasa? ¿Algo va mal? –preguntó él con el corazón acelerado de golpe.

–Por favor, vete.

–No. Estás disgustada –señaló él, sintiéndose fatal. Verla llorar era mucho peor que oírla vomitar, como le había pasado esa mañana.

–Jack, por favor, ¿puedes irte?

Él se fue al baño a buscar un pañuelo y volvió al sofá. Se sentó a su lado, le retiró las manos de la cara y le pasó la toalla por los ojos.

Kelsi paró de sollozar, aunque mantenía los ojos cerrados.

–Kelsi, por favor, mírame.

Cuando ella lo miró, Jack pudo ver, por primera vez, el verdadero color de sus ojos sin lentillas. Eran dorados como el oro viejo. Únicos, preciosos. Igual que todo en ella.

–¿Por qué los escondes? –preguntó él en un susurro, cautivado por su belleza.

–¿Qué haces aquí? –replicó ella, furiosa–. Deberías estar en la cena –le espetó, tapándose los ojos.

–¿Es por el bebé? ¿Por eso estás tan disgustada? –quiso saber él, tratando de poner en orden sus pensamientos. Ansiaba con desesperación poder ayudarla. Quería abrazarla, acunarla y prometerle que todo saldría bien.

–Estoy cansada, nada más –dijo ella, meneando la cabeza mientras se apartaba de él.

¿Acaso se sentía atrapada? Diablos, necesitaba

sacarla de casa, se dijo Jack. Le sentaría bien salir y tomar un poco de aire fresco.

Lo cierto era que Kelsi solo había salido de casa para ir al trabajo durante esa semana. No había quedado con ninguna amiga. Eso no era bueno, pensó él.

–Deberías ir a la cena –rezongó ella de nuevo–. Te esperan. Tus seguidores han pagado para verte.

–No pienso dejarte sola. Y menos así.

–Estoy bien, Jack –aseguró ella, enfadada.

–Hace una semana que no sales. No puedes pasarte la vida en casa –señaló él con tono firme–. No pienso irme, a no ser que me acompañes –propuso, mientras le apartaba un mechón de pelo de la cara.

–No puedo –negó ella, apartándose–. No tengo nada apropiado que ponerme.

–¿Qué quieres decir? Ponte lo que sea. Estarás perfecta con cualquier cosa –dijo él, todavía cautivado por sus ojos dorados.

Kelsi se quedó mirándolo como si estuviera loco.

–Ve a vestirte. Ponte cualquiera de tus vestidos o todos a la vez, si quieres –bromeó él–. Vamos a salir a divertirnos. Por favor.

En el baño, Kelsi respiró hondo. Estaba claro que Jack no pensaba ir sin ella. Pero no tenía ningún vestido de fiesta con el que competir con todas las bellezas que irían al evento.

Lo peor era que no podía ponerse las lentillas de color tampoco porque los tenía rojos y doloridos después de tanto llorar.

Debería fingirse enferma. Rogarle que la dejara. Sin embargo, en su interior, quería ir. Deseaba salir con él, ir de su brazo, aunque solo fuera una noche.

Sin pensarlo más, se metió en la ducha. Luego se hizo un moño y se fue a buscar algo en el armario. Eligió uno de sus vestidos más largos pero, por primera vez, se lo puso sin nada debajo, ni siquiera sujetador, porque tenía un gran escote en la espalda. También llevaba los brazos al descubierto, algo raro en ella. Se sentía desnuda. En la cabeza, se puso una enorme pluma para ocultar su pelo.

–Tengo que advertirte que algunos de mis compañeros pueden ser un poco excesivos –comentó él, tras sentarse a su lado en el coche.

–¿A qué te refieres?

–Ya sabes, un poco locos. Nuestra mesa está siempre en un extremo de la sala.

–¿Para que sea más fácil echaros si hacéis mucho ruido?

–Algo así –repuso él, riendo.

Kelsi estaba nerviosa. Ella no era un animal de fiesta. Y ni siquiera iba a poder tomarse una copa para relajarse. No había sido buena idea ir.

El sitio estaba abarrotado. Habían terminado los aperitivos y riadas de gente empezaban a dirigirse a sus mesas. Mejor, pensó ella, porque así era más fácil pasar inadvertidos.

–Esos son –indicó él, saludando a un grupo de hombres que había sentados en una mesa. Agarrándola de la mano, se encaminó hacia allí.

A mitad de camino, un jugador de rugby saludó a Jack y, mientras los dos hombres hablaban, Kelsi observó que sus compañeros de *snowboard* la examinaban como si fuera extraterrestre. ¿Sería por su piel pálida?, se dijo Kelsi. No debía haberse dejado los brazos al descubierto. En realidad, no debería haber ido.

–¿Estás bien? –le preguntó Jack en voz baja.

–Claro –mintió ella, obligándose a sonreír.

–Ven a conocer a los chicos.

Tras recibir los estruendosos saludos de sus amigos, Jack le presentó a Drew, Max y Tahu, diciéndole cuál era su especialidad dentro de la práctica del deporte. Max era el campeón actual de *cross* en *snowboard*. Tahu y Drew eran especialistas en *superpipe*, algo así como circuitos de toboganes, según pudo deducir Kelsi.

–¿Tú también haces *snowboard*? –le preguntó Drew.

Kelsi negó con la cabeza, incapaz de pronunciar palabra porque Jack tenía la mano en su espalda y le acariciaba la piel desnuda con el pulgar.

–Si lo pruebas, te enganchará –aseguró Tahu–. Jack puede enseñarte.

–Sí. Es el maestro de los saltos –comentó Drew con gesto solemne

Entonces, Jack fue con ella a saludar a los seguidores que habían ido hasta allí para conocerlo.

Luego, cuando se sentaron a la mesa, Kelsi se dio cuenta de que los otros *snowboarders* mostraban la misma admiración por Jack que sus seguidores. Todos lo observaban y se bebían sus palabras con atención. Junto a ella, él respondió con paciencia y amabilidad los cientos de preguntas que le llovían de todas direcciones.

Al mismo tiempo, no dejaba de mostrarse atento con Kelsi. Quería asegurarse de que ella estuviera a gusto en todo momento. Era el perfecto relaciones públicas, encantador y atractivo. Y ella estaba loca por él.

Cuando la velada estaba a punto de terminar, apareció una mujer, que Tahu y Max recibieron con vítores, bromeando con que era típico de ella llegar tan tarde. Era una joven de estatura media con pelo rubio, ojos azules y una piel perfecta y sin pecas. Kelsi la contempló ensimismada.

–Esta es Tori, la futura reina de los circuitos de Nueva Zelanda –la presentó Jack.

Por lo que a Kelsi respectaba, aquella bella mujer podía ser la reina del mundo. No podía competir con ella, ni en el aspecto, ni en su carisma o el éxito que tenía en lo que hacía.

Mirando a su alrededor, Kelsi se fijó en que todos tenían cuerpos atléticos y en perfecta forma. Emanaban genes de primera calidad, talento y la determinación de los campeones. Al instante, la cena dejó de ser divertida para ella. Estaba por completo fuera de lugar,.

–Baila conmigo –le pidió Jack, deseando tomarla entre sus brazos. Ansiaba poder sentir de nuevo su piel suave y cálida.

Ella aceptó aunque, para no mirarlo a él, se entretuvo observando a su alrededor.

–Hay muchas mujeres guapas en el mundo del *snowboard*, ¿verdad? –comentó ella–. Como Tori. Son tan hermosas y agradables y atléticas…

–Tú eres más hermosa.

Jack se dio cuenta de que ella se sonrojaba y apretaba los labios. Al parecer, no creía que su cumplido fuera sincero. ¿Tan insegura estaba de sí misma?, se preguntó él. De pronto, entendió cuál era el problema, el obstáculo que los había separado desde el principio.

Kelsi no se creía atractiva.

¿Acaso no se daba cuenta de que ella lo había convertido en la envidia de todos los hombres que había en la sala?

Furioso, se preguntó por qué nadie le había dicho nunca lo guapa que era. Además de su irresistible atractivo físico, era interesante, dulce, divertida, fuerte, tenía talento. Sí y era inteligente, decidida… Podría continuar hasta el infinito porque estaba loco por ella. Y no podía creerse que ella no lo viera.

Era una mujer increíble, que nunca debería haber perdido su confianza en sí misma de esa manera. Jack odió de pronto a quienquiera que hubiera minado su autoestima.

Le demostraría que era preciosa. Esa noche. Una y otra vez.

Capítulo Diez

–Deberíamos irnos a casa, Kelsi –indicó él, tras carraspear un momento.

–Todavía es pronto –repuso ella sorprendida.

–Me duele un poco la rodilla –mintió él.

El taxi los llevó en un momento, aunque a Jack le pareció una eternidad. Después de meter la clave de la alarma, entró con ella y la acompañó a su puerta y esperó a que abriera, lo bastante cerca como para comprobar con satisfacción que a ella le latía el pulso a toda velocidad.

–¿Quieres algo? –preguntó ella, sin mirarlo.

–Sí –afirmó él y, tras darle un empujón a la puerta, entró. Se quitó la chaqueta y la corbata–. Quiero besarte.

Ella apretó los labios, apartando la vista de nuevo.

–No me he acostado con nadie después de hacerlo contigo –confesó él–. No quiero acostarme con nadie que no seas tú –añadió. Aunque no le gustaba del todo, era la pura verdad–. Te deseo solo a ti, ¿de acuerdo? Y no es porque seas la mujer más próxima. Te deseo porque me pareces hermosa.

Kelsi se quedó callada.

–No me crees, ¿verdad?

Ella siguió sin hablar.

113

Jack respiró hondo para controlar sus impulsos. Lo que más le gustaría era saltar sobre ella, pero debía contenerse. Kelsi necesitaba que la convenciera de otra manera, con palabras además de actos. Y esos actos debían ser cuidadosos… no podía olvidar que estaba embarazada. Frotándose la cara, intentó reunir todo su autocontrol. Y algo de valor.

–¿Quieres saber lo que veo en ti cuando te miro?

Ella le lanzó una rápida mirada, brillante como un rayo, antes de volver a bajar los ojos. Estaba apoyada en la pared junto a la puerta, quieta como una estatua, escuchando.

Él tragó saliva.

–La primera impresión es que eres una mujer muy femenina. Veo tus clavículas… huesos delicados cubiertos por una piel suave y unos pechos con el tamaño justo. Tienes una cintura estrecha y delicadas curvas en las caderas –señaló él, y tomó aliento de nuevo. Describir lo que veía estaba poniéndolo cada vez más caliente–. Eres bajita, pero muy bien formada. Tus tobillos son tan finos que puedo abarcarlos con una mano. Recuerdo haberlo hecho cuando te levanté la pierna para subirla un poco más alrededor de mi cintura, cuando estábamos en el agua. Tu piel es tan, tan suave… –prosiguió, ansiando poder tocar esa suavidad–. Y luego está tu cara. Lo primero que pensé el día que te conocí fue que era el rostro más fascinante que había visto jamás. Tenías esos ojos enormes llenos de lágrimas, con los ángulos perfectos en las mejillas y tu pequeña nariz –dijo, y suspiró–. Y tu boca… Recuerdo cómo temblaban tus suaves labios y la dulzura con que saben besar. Y tus rizos que desafían todo intento de control. Me gusta tu pelo. Es un poco como tú… –señaló con una sonrisa. Estaba empezando a disfrutar de su confesión–. Al verte por completo solo puedo pensar en sexo. Veo tu sonrisa, la forma en que levantas la barbilla y quiero que seas mía –añadió con voz ronca–. Además, estoy cansado de andar desde hace meses con una erección del tamaño de la torre Eiffel.

–¿De verdad que no te has…? –preguntó ella al fin, incapaz de terminar la frase.

–De verdad. Es demasiado tiempo para mí.

Jack se acercó a ella. Sonrojada, Kelsi lo miraba con timidez, como si casi estuviera empezando a creerlo. Él se aseguraría de que lo creyera sin lugar a dudas antes de que terminara la noche.

–Cuando veo tu sonrisa, Kelsi… veo cómo te brillan los ojos, aunque tú quieras ocultarlo. Me encanta tu risa, tus bromas, cómo te diviertes cuando uno menos lo espera. La pasión con que te entregaste a mí en la playa… añoro volver a sentirla. No hago más que esperar que quieras repetirlo –reconoció él con el corazón en la mano–. Ahora sabes lo que veo en ti. ¿Quieres que te cuente lo que me gustaría hacer?

Kelsi tragó saliva. Cuando Jack posó la mano en la pared a su lado y se inclinó un poco para hablarle en un susurro, ella no pudo moverse.

–¿Quieres que te diga lo que voy a hacer?

Una oleada de placer le recorrió todo el cuerpo a Kelsi. Cerró los ojos. Solo eran palabras. Jack era un experto en encandilar a la gente.

–No dejo de imaginar todo lo que voy a hacerte cuando pueda volver a tocarte –continuó él.

Kelsi apretó más los ojos. Tenía ganas de llorar.

–Creo que empezaré con un beso en la boca. Estoy deseando lamerte los labios, sentir la suavidad de su interior. Pero no quiero ir demasiado rápido, así que me retiraré pronto. Hay muchas más cosas que adorar en tu cuerpo.

¿Quería adorarla?, se preguntó Kelsi, sin respiración. Podía sentir su calor como si estuviera bajo un sol abrasador. Estaba atrapada entre la pared y él, sus cuerpos a pocos centímetros.

–Quiero enredar los dedos en tus rizos y echarte la cabeza hacia atrás para besarte desde el cuello a los hombros.

Kelsi echó la cabeza un poco hacia atrás sin darse cuenta, ansiando con desesperación sentir su contacto.

–Te desvestiré después. Tengo muchas ganas de quitarte esos tirantes y ver cómo tu vestido cae al suelo.

Ella entreabrió los labios, esforzándose en respirar con normalidad.

–¿Y sabes qué, Kelsi? Me encantan las pecas. Quiero probar todas esas pecas con mi lengua.

Sin poder evitarlo, ella se estremeció. Los pezones se le endurecieron. Deseó que sus palabras fueran ciertas, poder estar entre sus brazos y creer todo lo que le decía.

—Deslizaré los dedos por tu piel con suavidad, para sentir lo sedosa que es. Aunque, al mismo tiempo, querré agarrarte y penetrarte con fuerza. De alguna manera, tengo que lograr ir despacio.

Su voz sonaba ronca y sincera. Con cada palabra, estaba echando abajo todas sus defensas. Ella cerró los ojos, para sentirlo y escucharlo mejor.

—Te besaré una y otra vez. Succionaré esas partes que te gusta mantener ocultas.

A Kelsi se le tensaron esas partes solo de imaginarlo…

—Quiero entrar dentro de ti. Eres como miel caliente. Pero, sobre todo, quiero verte, escucharte, sentir cómo te estremeces debajo de mí –susurró él–. Quiero ser yo el único que te haga gritar de placer. Solo yo.

Ella notó el pulso acelerado en los labios. En su parte más íntima.

—¿Entiendes lo mucho que te deseo? –preguntó él, hablando a escasos milímetros de sus labios.

—Jack… –balbució ella, temblando.

—¿Entiendes que voy a hacer todo lo que te he dicho ahora mismo?

Kelsi abrió los ojos de golpe. Al buscar los de él, vio que ardían de deseo.

—Por favor –rogó ella. Necesitaba ser suya.

Y deseaba poder creerlo. Sentir que sus palabras eran ciertas.

—Jack.

La mirada de él le quemó los ojos un momento, antes de posarse en su boca.

–Kelsi…

Sus bocas se encontraron. Ella gimió y se apretó contra él, sintió la explosión de un miniorgasmo.

Gimiendo también, él la sujetó con manos firmes y fuertes.

–Oh –musitó ella–. Estoy muy excitada, Jack.

–Lo sé –repuso él, y le lamió los labios tal y como había prometido.

Ella lo imitó, entrelazando sus lenguas. Llevaba demasiado tiempo esperando ese momento.

Jack le deslizó una mano por la nuca y le hizo levantar la cabeza para poder besarla por la mandíbula, el cuello, las clavículas. Se acercó todavía más, apoyando en ella su poderosa erección.

–Despacio –pidió él.

–No –negó ella, y lo besó, demostrándole las insaciables ganas que tenía de él.

Jack apartó sus labios entre jadeos, bañándola con su caliente aliento. Luego, le quitó los tirantes y el vestido cayó al suelo.

Al sentir sus manos en los pechos, Kelsi tuvo ganas de gritar de placer, paralizada por tan intensa sensación.

Despacio, Jack inclinó la cabeza para recorrerle los pezones con la lengua, caliente y húmeda. Kelsi ansió estar desnuda cuanto antes y desnudarlo a él. Con alivio, notó cómo empezaba a bajarle las braguitas.

Acto seguido, cuando él se arrodilló ante ella, Kelsi solo pudo apoyarse en la pared. Al mirar abajo, vio cómo su delicioso amante acercaba los labios a su parte más íntima.

—Jack.

—Kelsi —dijo él, mirando hacia arriba un momento. La tomó de la muñeca para atraerla a su lado, en el suelo.

Kelsi lo envolvió con un abrazo. No quería soltarlo nunca. Le gustaban demasiado sus besos hambrientos y apasionados como si hubiera estado esperando toda una vida para poder besarla. Con un rugido, él se apartó lo justo para poder desnudarse del todo bajo la fascinada mirada de su amante.

Cuando volvió a tomarla entre sus brazos, se colocó encima de ella. Sus ojos azules estaban llenos del más puro deseo. En un instante eterno, antes de que sus cuerpos se unieran, ella se sintió suspendida en una burbuja de incredulidad y gozo, cuando comprendió que Jack había sido honesto. Sus apasionadas palabras habían sido sinceras.

—¿Lista?

—Oh, sí.

En cuanto la penetró, Kelsi estalló en una explosión de placer, su cuerpo retorciéndose y apretándose alrededor de él. Era como estar sumergida en un mar de calor, luz y colores. Con los ojos cerrados, gritó de gozo y se apretó contra él.

—No hemos terminado todavía —susurró él, sujetándola mientras ella se estremecía—. Aún no.

Entonces, la penetró en más profundidad, controlándose para hacerlo despacio. Ella se arqueó hacia él y se meció con movimientos sinuosos, hasta que lo obligó a acelerar el ritmo. Rio al ver puro fuego reflejado en los ojos de amante, que tenía la cara contraída por el placer contenido.

–Jack.

Como respuesta, él se rindió a la energía que lo inundaba en un frenesí incontenible, con fuerza, mientras Kelsi solo podía abrazarlo con brazos y piernas.

Jack se estaba entregando por completo.

Y lo era todo para ella.

Capítulo Once

En la oscuridad, Kelsi volvió a tomar conciencia de los sonidos. Los latidos de su corazón, su respiración. Cuando abrió los ojos, Jack seguía con ella.

–Hermosa Kelsi –susurró él, y la besó en los labios, en la cara, por todas partes–. ¿Estás bien?

Ella asintió con satisfacción. Entonces, a pesar de que había creído no tener más energía, lo besó también, pasando la lengua por sus labios, explorando su interior.

–Esta vez, vamos a la cama. Nos quedaremos allí el resto de la noche –propuso él, la tomó en sus brazos y la llevó al dormitorio.

Durante toda la noche, no dejó de prestarle atención, de bañarla con dulces palabras y cuidados, siempre buscando colmarla de placer.

Sin poder evitarlo, Kelsi sucumbió a sus sentimientos hacia él y se zambulló en la gloriosa sensación de ser deseada con tanta pasión. Por primera vez en la vida, se sentía hermosa, especial, atractiva.

Poco a poco, su autoconfianza fue creciendo, junto con sus ganas de divertirse. Se tomó su tiempo para provocarlo. Se montó a horcajadas sobre él, entusiasmada al sentir el poder y el placer de causarle un efecto tan evidente.

Juntos, se perdieron en el tiempo, explorándose el uno al otro. Era pura magia, más allá de la razón o las palabras.

–¿Estás bien? ¿Seguro que estás bien? –preguntó él, después de haber hecho una incursión a la cocina para llevar provisiones dulces y saladas–. ¿No estás cansada?

Ella negó con la cabeza.

–No pienso levantarme de la cama hoy más que para darme una ducha.

–Una ducha y, luego, derecha a la cama –ordenó él con firmeza–. Mañana pasaremos todo el día acostados también.

Kelsi rio, mientras el sol entraba por la ventana, bañándolos con su luz y su calor.

–¿Por qué escondes los ojos? Son de un color precioso –dijo él, sin dejar de mirarla ni un momento.

Suspirando, Kelsi se giró hacia la mesilla de noche, tomó su móvil y buscó en su colección de fotos.

–Esta es mi madre.

–Vaya, no lo parece –observó él tras mirar la imagen.

No, su madre tenía el pelo castaño claro y ojos azules.

–¿A quién crees que me parezco?

–A tu padre. ¿Y él es…?

–Un imbécil, sí –señaló ella.

–¿Por qué?

–Engañaba a mi madre, ella lo perdonaba y él

volvía a dejarla plantada una y otra vez. Al final, un día, nos dejó para siempre. Odio mirarme al espejo y ver cuánto me parezco a él. No me dio nada más que decepción y frustración.

–¿Estáis en contacto?

Kelsi buscó un par de fotos más en su móvil.

–Es este de aquí.

–¿Con quién está? –preguntó Jack.

–Con su hijastra. Es de la misma edad que yo –contestó Kelsi. Además, su hermanastra era guapa, había estudiado Empresariales y su padre estaba orgulloso de ella.

–¿De verdad?

–Mi padre fue a su graduación, le compró su primer coche, dio un discurso cuando cumplió dieciocho años…

–¿Y no hizo nada de eso por ti?

–No.

Aunque su padre se lo había prometido, no asistió a su graduación, ni a su fiesta de mayoría de edad. Siempre había querido creer que a su padre le importaba. Pero no era así.

–Te ha hecho mucho daño, ¿verdad?

–Los padres son así –dijo ella, encogiéndose de hombros para quitarle importancia.

–Los padres deben apoyar a sus hijos, no ser egoístas.

Entonces, cuando Kelsi lo miró, leyó en sus ojos el mismo miedo que ella sentía. Iban a ser padres y su visión de futuro era incompatible. Encima, lo habían complicado todo al meter el sexo.

De pronto, la duda la asaltó, echando a perder su ilusión de felicidad. ¿Qué estaban haciendo en la cama juntos? ¿Adónde les llevaría aquello?

A pesar de sus palabras hermosas, Jack no le había hecho ninguna promesa. Ella sabía que no tenían esperanza de futuro.

Sin decir nada, Kelsi se levantó y salió de la habitación. En el baño, intentó recapitular. Solo porque aquel hombre imponente la encontrara atractiva no significaba que tuviera que enamorarse de él como una tonta. Debía tener cuidado.

Pero Jack apareció en la puerta y se acercó a ella.

—No eres tu madre, ni tu padre, Kelsi. Eres tú. Y tus ojos son preciosos. Debes estar orgullosa de ellos.

Kelsi se giró y lo besó para acallarlo. Sus palabras solo hacían que se enamorara más de él. Enseguida, sus cuerpos comenzaron a encenderse de nuevo. Debía aprovechar el momento, se dijo ella, pues no podía durar.

Durante esa noche, hicieron el amor como si les fuera la vida en ello, sin dejar espacio para pensar en nada más. Jack estaba fascinado por aquella mujer hermosa, salvaje y embriagadora. Lo único que quería hacer era estar con ella.

Sin embargo, el domingo por la mañana, Kelsi lo apartó de su lado.

—Tengo que trabajar en un diseño. La fecha de entrega es esta semana. No puedo perder otro día más contigo.

¿Perder un día más? Vaya, se dijo Jack.

–Puedo ayudarte.

–No, no puedes. Solo me distraerías.

–Te prometo que no. Además, tienes que hacer descansos de vez en cuando.

–Necesito concentrarme.

–Estaré callado. De hecho, me voy a dormir. Estoy cansado –insistió él, y cerró los ojos–. Ve a trabajar en tu ordenador –dijo con cierta brusquedad–. Deja de perder el tiempo. Si te oigo merodear por ahí, te castigaré con el látigo.

–¿Látigo? –preguntó ella con fingida inocencia.

–No. No te gustaría –repuso él, sonriendo.

Tumbado en la cama, la oyó teclear en el ordenador. En vez de sentirse saciado, estaba excitado otra vez. Después de una hora, no pudo aguantar más en la cama y se dirigió a su mesa.

–Voy a ducharme –informó él, besándola en el cuello. ¿Quieres acompañarme?

–Mmm. Igual me da un poco de energía.

En el baño, Jack alucinó con la decoración, tan increíble como en el resto de la casa. Había botellas antiguas de cristal llenas apiladas en una balda y los objetos más inesperados en distintos rincones. La ducha y las toallas eran de un blanco reluciente, como a él le gustaba. También compartían el gusto por la temperatura del agua, muy caliente.

–Deja que te ponga yo el jabón –pidió él, mientras comenzaba a frotarle la cabeza.

Después, Kelsi se vistió, sin molestarse en arreglarse el pelo, y volvió a sentarse delante del ordenador. Intentando no sentirse rechazado, Jack se fue a la cocina. Tenían que comer antes o después, pero la despensa no guardaba nada demasiado apetitoso.

–Voy a la tienda, Kelsi. ¿Quieres algo en especial?

–No, estoy bien.

En la calle, Jack sonrió al sentir el sol en la cara y al pensar en pasarse otra tarde en la cama con Kelsi. Pero cuando le sonó el móvil frunció el ceño. Debía contestar la llamada que llevaba evitando toda la semana.

–Hola, Pete –saludó él. Era su entrenador y amigo.

–Tahu me dio noticias tuyas. Dijo que estuviste moviendo el esqueleto en la pista de baile la otra noche.

–Sí –admitió Jack.

–¿Ya tienes bien la rodilla?

–Mucho mejor, sí.

–¿Entonces por qué no estás aquí, en la nieve?

–Las cosas se me han complicado, Pete.

–Bueno, tú sabrás lo que haces. Pero ya sabes que puedes venir a entrenar cuando te parezca bien.

–Genial. Te llamaré pronto –repuso Jack antes de colgar.

Con frustración, se dijo que debía cumplir con sus obligaciones. No solo hacia sí mismo, sino hacia sus patrocinadores y su equipo. Debía volver a trabajar.

Lo suyo con Kelsi no era más que una prolongación de la aventura que habían iniciado en la playa. ¿O sí? Serían amigos y se llevarían bien por su hijo.

Aunque él no tenía ganas de ser su amigo. Se sentía protector, apasionado, fuera de control. Y tenía el corazón dividido en una lucha de deseos en conflicto.

La única manera de solucionarlo era poner un límite, forzarse a terminar la relación en una fecha determinada. Compraría un billete de avión para finales de semana y aprovecharía al máximo los días que le quedaran. Eso haría, sí.

Sin embargo, era mejor no contarle a Kelsi su decisión. No quería echar a perder las cosas. Al acostarse juntos, ambos habían alcanzado la paz, pero al mismo tiempo habían podido comprobar lo bien que estaban juntos. Irse no iba a ser fácil. Al menos, para él.

¿Y para ella? No estaba seguro. No sabía lo que sentía por él. Tal vez, el sexo era lo único que los unía, caviló.

Kelsi era una mujer fuerte, más de lo que Jack había creído al principio. Tal vez, como ella le había dicho cuando habían averiguado lo de su embarazo, no lo necesitaba.

Por primera vez en su vida, Jack se sintió inseguro de algo. Debía reconocer que no comprendía bien cómo funcionaba la cabeza de Kelsi. Comprobaría su reacción cuando le dijera que se iba, eso era lo único que podía hacer.

Irse era la mejor decisión, se repitió a sí mismo, tratando de creérselo. Dejaría a Kelsi en manos de los mejores médicos, en una casa reformada y segura.

Sumido en sus pensamientos, al final no entró en el supermercado. Se le había quitado el apetito.

Kelsi se acostumbró a tenerlo en la cama. Por la mañana, se levantaba para ir a trabajar y, por la tarde, se apresuraba a volver para estar con él.

Su deseo no hacía más que crecer cada día, igual que el de Jack. Sus ganas de ella parecían no tener fin.

Por la noche, se tumbaban en la cama y comentaban los progresos del arquitecto y la diseñadora de interiores. Alice los había sorprendido gratamente y sus ideas eran muy buenas.

Poco a poco, Kelsi empezó a entusiasmarse por el futuro. Con unos toques suyos, iba a ser un hogar precioso. En cuanto a la persona que tenía al lado… Ella decidió ignorar las preguntas que le latían en la punta de la lengua. Si se mantenían lo suficientemente ocupados con su pasión, no tendrían que pensar en nada incómodo.

Jack la abrazó con fuerza, como si fuera a embarcarse en un viaje y a pasar seis meses de celibato. En realidad, eso era lo que iba a hacer. Pero lo que iba a echar de menos era mucho más que el sexo.

Sabía que tenía que contárselo, pero lo retrasaba una y otra vez. Solo estaba empeorando las cosas, se dijo, furioso consigo mismo.

Tenía que irse.

Cuando se lo dijera, averiguaría lo que ella sentía hacia él. Sabría si quería algo más o si solo quería sexo sin complicaciones.

El jueves por la mañana, Jack se levantó antes que ella y preparó el desayuno, como solía hacer.

–Kelsi.

Ella levantó la vista de su plato, sorprendida por la pálida tensión en el rostro de él.

–Me voy a Canadá el viernes.

Kelsi tragó saliva. El estómago se le revolvió.

–¿De la semana que viene?

–No. Mañana.

Ella no podía creerlo. Al principio, pensó que era una broma, pero se quedó paralizaba al ver su solemne expresión.

–¿Cuándo has comprado el billete?

–El lunes.

–¿Por qué no me lo dijiste?

–Yo…

–No quisiste decírmelo –adivinó Kelsi. Debería estar agradecida porque le hubiera dado una semana, se dijo. Sin embargo, el pánico se apoderó de ella–. ¿Cuánto tiempo estarás fuera?

–Tres o cuatro meses.

Kelsi apartó el plato. Era justo lo que había estado temiendo. De pronto, comprendió por qué Jack se había mostrado tan insaciable en la cama esos días. Solo había querido aprovechar al máximo las horas de diversión.

Estaba dolida. Y celosa. Jack la abandonaba. ¿Había sido tan tonta como creer que no se iría? Sí, así era, reconoció para sus adentros.

Si estaba fuera tres o cuatro meses, significaría que no podría acompañarla a su primera ecografía. Como esa, se perdería muchas otras cosas. Igual que su padre se había perdido sus primeros pasos y sus primeras palabras.

Su bebé se merecía algo mejor.

–¿Kelsi?

–Um… –balbució ella, presa del dolor y de la rabia, haciendo un esfuerzo para no estallar en lágrimas y en gritos.

–Kelsi, vas a estar bien. Aquí estás segura.

¿Y qué pasaba con su corazón?, se dijo ella, sin poder dejar de temblar. Jack le había dado más que seguridad. Le había dado un hijo y esperanzas vacías. A cambio, se había llevado su corazón. Algo que, encima, él no quería para nada.

Esa era la horrible verdad. No la quería para nada más que una aventura.

–Acostarnos juntos otra vez ha sido un gran error.

–Sabes que no pudimos evitarlo, Kelsi. No te arrepientas.

Llevándose las manos al vientre, Kelsi pensó que lamentaba todo lo que había hecho con él.

–No, de eso no te arrepientas –dijo él, de camino a la puerta–. Kelsi, tengo que irme. Es mi vida.

Sí, su vida de viajes y aventuras era lo primero, comprendió ella. ¿Cómo podía ser tan egoísta?, se preguntó, llena de furia.

–Y esta es la mía. Tienes que seguir con tu vida, lo entiendo. Pero yo quiero hacer lo mismo y construir una vida para mi hijo y para mí.

–¿Qué quieres decir?

–Quiero decir que voy a seguir adelante sin ti. Si te vas, no quiero que vuelvas.

–¿Es un ultimátum? –preguntó él, enfadado también.

Sí, lo era, admitió ella para sus adentros. Era una prueba y quería recibir la verdad por respuesta.

–¿Es demasiado para ti? ¿No estás acostumbrado a que nadie te pida nada?

–No me lo están pidiendo, me lo estás exigiendo. Y pides un precio demasiado alto.

Esa era su respuesta. Kelsi se sintió como si la hubieran partido en dos con una espada.

–¿Preferirías que no hubiera vuelto? –le espetó él.

Kelsi se agarró a la silla con ambas manos. Se obligó a respirar hondo para no romper a llorar.

–Tengo que irme. Lo siento, Kelsi –repitió él.

Ella había oído antes esas palabras vacías. ¿Qué diablos iba a decirle a su hijo? ¿Que su padre estaba demasiado ocupado saltando en las montañas y que lo sentía?

–La vida es algo más que deportes y sexo.

–Es mi trabajo. Debes comprenderlo –repuso él, tenso.

Por mucho que Kelsi le explicara eso a su hijo en el futuro, el niño sabría que no había sido una prioridad para su padre, que su trabajo era más importante.

No había nada más doloroso que el rechazo de un padre.

Su padre había hecho con ella justo lo mismo que Jack iba a hacerle a su hijo.

Había sido una tonta. Jack no cambiaría su estilo de vida por el bebé. Seguiría viajando de un lado para otro, nunca más de un par de meses en el mismo sitio.

–¿Qué pasa con eso de la custodia compartida? –preguntó ella con voz temblorosa–. ¿Ya no quieres llevarme a los tribunales para luchar por tu derecho a ser padre?

–Tuve que decir algo para que no me echaras de tu vida, Kelsi. Necesitaba ganar tiempo.

–¿Para qué? ¿Para acostarte conmigo unos días más mientras te ocupabas de la casa y el dinero para no sentirte culpable después de abandonarme?

–Kelsi, no estás pensando con la cabeza. Estás embarazada y estás disgustada.

–No te atrevas a culpar a mis hormonas. Eres un egoísta, Jack.

–No estás siendo razonable. ¿Qué quieres de mí? –le gritó él–. Estoy haciendo todo lo que puedo para arreglar las cosas.

Ya. Estaba gastando algo de dinero y volando a Canadá, se dijo ella.

–Y yo voy a tener un bebé. Para mí no es buen momento y tú no eres el padre que mi hijo necesita. Quiero darle lo que yo no tuve. Mi madre tuvo que hacer muchos sacrificios para sacarme adelante sola. No quería decepcionarla cometiendo el mismo error.

–Esto no ha sido un error. Nuestro bebé no lo es.

–No, pero sí lo es que sigamos teniendo cualquier tipo de relación –le espetó ella–. Eres tú quien no puede soportar la idea del compromiso, ni de establecerte. Tienes una forma de vida y ninguna intención de cambiarla. Pero no voy a dejar que entres y salgas de la vida de mi hijo cuando te dé la gana. Sé lo que se siente –aseguró–. No lo consentiré. Voy a mudarme y a construir mi propio hogar para el bebé.

–Eso es ridículo, Kelsi –opinó él. Furioso, se acercó a ella–. Sé sincera. No es por el bebé, aunque tú lo digas. Es por ti. Estás enfadada porque te estoy dejando.

No podía haberle dicho nada más cruel, ni más cierto, reconoció ella para sus adentros. Sí, se había enamorado de él y quería que estuvieran juntos. Aunque no pensaba admitirlo de ninguna manera.

–Nada de eso, Jack –negó ella con orgullo–. Puedes irte cuando quieras. No me importa.

–Ya.

–Claro –afirmó ella con amargura–. Lo nuestro

ha sido solo una aventura, solo sexo. Los dos sabemos que no tenemos nada más en común.

–Ya –repitió él con tono frío–. Entonces, si se trata del bebé, ¿crees que de verdad estás decidiendo lo mejor para él?

–Soy la única que está dando prioridad al bebé, Jack.

–Estás dando prioridad a tus propios traumas –le corrigió él–. Yo no soy como tu padre. No soy un mentiroso, ni prometeré nada que no vaya a cumplir. Sí, un niño necesita seguridad y estabilidad, pero también es importante que vea que sus padres son felices y están conquistando sus sueños. Así aprenderá que es posible hacer realidad lo que uno quiere. Nuestro hijo no tendrá un padre con un trabajo convencional, ni una familia tradicional tampoco. ¿Y qué? ¿Significa eso que debo ser excluido por completo de su vida? ¿No te parece que el niño igual está orgulloso de lo que hago?

Kelsi se cruzó de brazos para no desmoronarse.

–Tengo mucho que ofrecer a nuestro hijo, mucho más que dinero. Puedo enseñarle a vivir con pasión y, dentro de unos años, podrá viajar conmigo. Imagina las experiencias que puedo darle. Sería una equivocación dejar que se perdiera eso.

Ella tragó saliva. Sus palabras le dolieron como cuchillos porque no había mencionado en ningún momento la posibilidad de que ella los acompañara en sus viajes.

Jack apretó los labios ante su silencio.

–Soy yo quien está ocupándose de todo, Kelsi.

He dejado mi trabajo de lado para venir aquí y asegurarme de que tengas una casa decente. Estoy haciendo todo lo que puedo. Es hora de que hagas tú lo mismo.

–Has renunciado a dos semanas de entrenamiento. ¡Qué generoso por tu parte! Yo estoy comprometida con los próximos nueve meses. ¿Por qué no lo piensas un momento?

Jack se dirigió a la puerta.

–No voy a negar que te toca la parte más pesada, Kelsi. Pero tampoco negaré que yo he contribuido en lo que he podido.

Capítulo Doce

Kelsi estuvo todo el día como una zombi en el trabajo. Tendría que ponerse al día durante el fin de semana. En teoría, no era problema para ella, pues no había nadie que pudiera distraerla.

Sin embargo, no podía dejar de darle vueltas a lo que Jack le había dicho. Si era sincera, tenía que admitir que él tenía razón en algunas cosas. Había hecho todo lo que había podido, mientras ella se había rendido a la preocupación y al sufrimiento. Además, aunque había asegurado que su intención era proteger al bebé, lo que quería era apartar a Jack de su vida Era su forma de protegerse. Pero el bebé se merecía todas las cosas buenas que Jack podía ofrecerle. Podían llegar a un acuerdo de custodia compartida, sería lo mejor para su hijo.

Kelsi iba a tener que endurecer su corazón y superar sus sentimientos hacia Jack. Aunque le dolía ver todas sus esperanzas hechas pedazos.

Cuando llegó a casa, le resultó un alivio que él no estuviera allí. Aunque su presencia estaba presente en todas partes… y su increíble productividad. El piso de abajo estaba casi terminado, solo faltaba rematar las paredes y meterse con la decoración. Jack no se había ocupado solo de cons-

136

truirle un hogar seguro, sino también de prepararle la cena noche tras noche y el desayuno. Se había centrado en terminar su trabajo allí para poder irse.

¿Pero qué tenía eso de malo? ¿Acaso estaba mal que quisiera lograr sus sueños y ambiciones? El mundo necesitaba a gente como él en todos sus frentes. Jack había aprendido de su padre una buena lección: debía establecer prioridades. Y el campo que había elegido para triunfar tenía un límite de edad. ¿Cómo podía ella esperar que renunciara a eso?

No debía hacerlo.

Era hora de que Kelsi pensara en sus propios sueños, en su carrera, en sus ganas de viajar.

Desde la ventana, vio el circuito de *skate* que Jack había construido con sus propias manos. Ese hombre sabía cómo sacar el máximo provecho del espacio y del tiempo.

Kelsi quería que su hijo creciera con la creencia de que era posible realizar sus sueños. Y tal vez Jack tenía razón... eran los sueños relacionados con el trabajo los que importaban, no las relaciones. Si eso significaba que su hijo viera cómo ella fundaba su propia empresa de diseño gráfico, le parecía bien. Y si significaba ir a la montaña a ver cómo Jack hacía saltos imposibles, también.

Sin embargo, algo fallaba en su hilo de pensamiento. Sí, podía viajar y fundar su propia empresa. Lo malo era que quería hacerlo todo con él.

Igual lo mejor sería que Jack le enseñara a su hijo a perseguir sus sueños y que ella se centrara en darle un hogar estable y seguro, algo que también era necesario.

De pronto, vio llegar a Jack. Tenía que arreglar las cosas, se dijo Kelsi. Y debía empezar en ese momento.

Cuando bajó al patio, se lo encontró saltando en su monopatín sobre una rampa inclinada.

–He sido una cabezota. Una completa estúpida –se disculpó ella–. Lo siento mucho.

Jack soltó el monopatín y se quedó mirándola.

–Tienes razón. Debes irte. Es tu trabajo. Yo estaré bien. La casa va a quedar genial y te lo agradezco. Es genial no tener que preocuparme por la casa ni por el dinero, Jack. De veras lo es.

Él se pasó la mano por la cabeza.

–Estaré bien. Fue muy infantil decirte que iba a mudarme y dejarte al margen –reconoció ella, y tragó saliva–. Tenías razón, no estaba pensando en lo mejor para el bebé. Y sé que no eres como mi padre.

Con el corazón encogido, Kelsi pensó que Jack sería un padre encantador, involucrado y muy divertido, cuando estuviera en casa. Lo que la entristecía era que no pudiera estar siempre. Pero él no era un hombre hecho para quedarse quieto. Necesitaba moverse en busca de un nuevo reto.

Jack permanecía en silencio.

–Podemos conseguir que funcione –intentó animarlo ella.

–De acuerdo –murmuró él–. Gracias.

Ella parpadeó.

–¿Y qué pasa con nosotros? –preguntó él.

–Tenías razón respecto a eso también –contestó ella–. No se trata de nosotros, sino del bebé.

–Me gustas, Kelsi. Me gustas mucho –afirmó él tras una pausa.

–Y tú me gustas a mí –admitió ella, pensando que esa era la parte conflictiva del asunto–. Podemos ser amigos. Sé que podemos –añadió. Sin embargo, lo de ser amantes no podía durar. En realidad, era mejor que él se fuera para tener tiempo de superar sus sentimientos, pensó.

–Bueno –dijo él con la cabeza baja–. Entonces, eso es todo.

–Sí –dijo ella con voz apenas audible–. ¿No te parece?

Durante un momento, latió entre ellos la química inconfundible que había existido desde el primer instante, complicándolo todo de nuevo.

Sin embargo, Kelsi prefería que fuera todo un bonito recuerdo. Quería guardar en su corazón aquellos momentos de libertad y diversión. Y atesorar la maravillosa sensación de haberse sentido deseada. A pesar de no haber logrado ser la prioridad de Jack, había sido hermoso.

Pero un beso de adiós o un último encuentro no tenían sentido, caviló ella. No podría disfrutar más de acostarse con él, sabiendo que no podía durar.

–Tienes razón –asintió él.

–Voy a buscar comida para llevar. Me apetece pollo al curry –indicó ella.

–Claro –dijo él–. Yo tengo que ir a ver a un par de personas antes de irme mañana.

Los dos estaban de acuerdo, entonces. No cenarían juntos. No pasarían más tiempo a solas. La decisión estaba tomada y ambos la aceptaban.

Después de cenar, Kelsi se quedó despierta en la cama hasta que oyó volver a Jack. Tampoco pudo dormir el resto de la noche.

A la mañana siguiente, tenía el estómago en un puño. Estaba tan nerviosa que apenas pudo probar bocado. Cuanto antes se despidieran y antes terminara todo, mucho mejor. Así que se vistió y se fue a llamar a su puerta. Él abrió al momento, como si la hubiera estado esperando. Estaba vestido y preparado para irse.

–¿A qué hora es tu vuelo?

–A media mañana.

Ella asintió.

–Antes de irme, firmaré los papeles necesarios para que tengas acceso a mi cuenta y mi tarjeta de crédito. Carga en ella todo lo que necesites.

–Gracias –murmuró ella.

–Cuídate mucho –le dijo él, mirándola con sus preciosos ojos azules–. Tienes que comer bien.

–Prometo que cuidaré de los dos.

Él asintió. Tenía el cuerpo rígido, tenso.

–No te enfades conmigo, pero te he pedido una cita con el médico.

Jack no quería que ella estuviera enfadada, ni triste, ni dolida. Sin embargo, él sí se sentía así. Kelsi lo había rechazado. No lo quería. Según ella, no eran incompatibles y lo suyo solo había sido una aventura.

Solo estaban de acuerdo en la atracción que había existido entre ellos. Sin embargo, de pronto, para Jack no solo no era suficiente, sino que le hacía sentir un insoportable vacío. Por eso, tenía que irse cuanto antes si no quería derrumbarse.

Nunca antes había sido rechazado por nadie. Por otra parte, eso reforzaba su decisión de marcharse. Era lo mejor. Olvidaría. Y, cuando regresara, todo sería diferente. O, al menos, eso esperaba.

Jack le tendió una tarjeta de visita.

Ella la tomó y leyó las palabras que tenía impresas. Era de un especialista en obstetricia, un famoso médico que trabajaba en la más exclusiva clínica privada de la ciudad.

–¿Irás? Está todo pagado por adelantado –indicó él, y se puso pálido–. Pero espero estar de vuelta para cuando… nazca.

Kelsi intentó no presentar batalla. No le convencía del todo que él tomara las decisiones respecto a cómo debía gestionar el seguimiento médico de su embarazo. Sin embargo, no era momento para discutir. La despedida ya era lo bastante difícil.

–Sí –afirmó ella, y dio un paso atrás–. Ahora tengo que irme al trabajo. No quiero llegar tarde.

Jack esbozó una pequeña sonrisa.

–Nos veremos dentro de poco –indicó ella con un nudo en la garganta, y se giró para que no pudiera ver que tenía los ojos llenos de lágrimas.

–Eso es. Nos veremos pronto.

–Consigue la medalla de oro –dijo ella, y empezó a bajar las escaleras para irse. De veras se lo deseaba. Quería que él fuera feliz.

–Kelsi. Puedes llamarme si me necesitas, ¿de acuerdo?

Ella asintió, pero no se volvió hacia él. Estaba demasiado ocupada en contener las lágrimas.

Sin mirar atrás, salió a la calle. Cinco minutos después de caminar a paso rápido, hizo una pausa para mirar la tarjeta que todavía llevaba en la mano. Frunciendo el ceño, se preguntó por qué estaría él tan preocupado por su salud. ¿Por qué se había molestado en cocinar para ella todas las noches? ¿Por qué había contratado a un caro equipo para que se ocupara de un parto que debería ser normal? ¿Qué era lo que tanto le inquietaba de su embarazo?

De repente, a Kelsi le asaltó una sospecha.

Se sentó en una parada de autobús, sacó el móvil y buscó el nombre de Jack en la Wikipedia. Había nacido en China, en una remota aldea de montaña, cuando su padre estaba preparando una expedición. Había nacido antes de lo esperado y su madre había muerto horas después.

No era de extrañar que estuviera tan obsesionado con los cuidados prenatales. Su madre había muerto al darle a luz.

Con piernas temblorosas, Kelsi se puso en pie. Pobre Jack. Conocer la tragedia de su nacimiento solo hizo que lo quisiera más todavía. Ansió poder apoyarlo, poder hacerle la vida más fácil. Pero él no quería su cercanía.

Empezó a resultarle difícil respirar. No estaba en forma y se estaba cansando demasiado de andar. La visión empezó a nublársele hasta que no pudo ver. Entonces, el mundo desapareció.

–¿Kelsi? ¿Kelsi?

Ella frunció el ceño. ¿Quién la llamaba?

–¿Estás bien?

–¿Alice?

¿Qué estaba haciendo allí la diseñadora de interiores?, se preguntó Kelsi. ¿Y qué hacía ella tirada en medio de la acera?

–Creo que te has desmayado. ¿Te has golpeado la cabeza?

–Vaya –dijo Kelsi, tras hacer un esfuerzo para sentarse. Estaba muy mareada–. Qué vergüenza.

–Venía en el coche cuando te vi caer. ¿Quieres que llame a Jack? –se ofreció Alice, sujetándola del hombro.

–No –pidió Kelsi con rapidez, recordando lo que había descubierto antes de desmayarse–. No, por favor. No lo molestes. No es nada grave.

Si Jack se enteraba, se asustaría. Igual cancelaba su viaje. Y, aunque Kelsi lo deseaba, sabía que no era lo correcto. No quería que él se quedara a causa de sus miedos, ni que se sintiera atrapado.

–No tienes buen aspecto, Kelsi. Estás muy pálida –observó Alice con preocupación.

–Siempre estoy pálida –replicó Kelsi, intentando sonreír–. Mira, iré a esa cafetería de allí. Olvidé desayunar, eso es todo. De verdad que estoy bien.

–¿Estás segura?

–Sí –afirmó Kelsi y, para distraerla, cambió de tema–. He visto tus propuestas para la casa. Tienes muy buenas ideas.

Alice se relajó un poco. Con cuidado, Kelsi se puso en pie, ocultando lo mucho que le costaba hacerlo.

–Es mejor que me vaya –señaló Alice, mirándose el reloj, tras acompañarla a la puerta de la cafetería–. ¿Seguro que estás bien?

–Segurísima –repuso ella–. Por favor, no le digas nada a Jack. Se preocupará sin necesidad. Ya sabes que los hombres exageran mucho a veces… –añadió con una sonrisa, rezando porque Alice quisiera aliarse con ella.

–De acuerdo –dijo Alice con otra sonrisa–. Te llamaré la semana que viene para quedar para ir a ver telas juntas, ¿te parece bien?

–Genial.

En la barra, Kelsi pidió un chocolate caliente con tostadas y se obligó a comer. Esperaba que Alice mantuviera su palabra. Jack necesitaba subirse a su avión. Nada podía interponerse en su camino.

Jack estaba dando vueltas en el piso de abajo, esperando un taxi para ir aeropuerto. Cuando volviera, la mayor parte del trabajo estaría terminado y la casa parecería otra. Estaba deseando poder ver a Kelsi a gusto allí. Ella lo convertiría en un bonito hogar.

Pero sería el hogar de ella, no el suyo, se recordó a sí mismo.

Tomó su bolsa de viaje y volvió a llamar a la compañía de taxis para que lo recogieran de inmediato. Dejó sobre la mesa unos papeles para Alice. En realidad, no tenía por qué verla en persona. Kelsi le daría a la diseñadora las instrucciones necesarias.

En el aeropuerto, mientras se tomaba un café, intentó convencerse de que había hecho lo mejor. Era algo bueno que hubieran decidido ser amigos. Todo muy civilizado.

Al fin, llegó la hora de embarque. Pero Jack se quedó paralizado. Era como si sus piernas no quisieran llevarlo. Y una tremenda erección lo sorprendió. Solo podía pensar en Kelsi. Kelsi. Kelsi.

Mortificado por la reacción de su cuerpo, se forzó a caminar hacia la puerta de embarque. Kelsi no quería estar con él. Solo había sido una aventura. Era eso solo lo que dejaba atrás. Podría tener otra aventura con otra persona en cualquier momento.

Entonces, se sintió mareado.

Un sudor frío le empapó la frente. ¿Cómo podía ser tan estúpido?, se reprendió a sí mismo. Habían llegado al mejor acuerdo para el bebé. Kelsi iba a tener una casa estupenda, donde estaría a salvo. Todo estaba en su lugar. Él era libre de volver a la nieve y dejar de preocuparse. ¿Pero por qué se sentía tan mal?

Abrochándose el cinturón en su asiento del avión, se dijo que se sentiría mejor al llegar. Cerró los ojos para visualizar la montaña. Imaginó la nieve virgen esperándolo.

Suspirando, pensó que recuperaría el entusiasmo. Solo tenía que ir adonde lo esperaban sus retos.

Pero había otro reto del que estaba escapando. No se refería al bebé, sino a su hermosa y tentadora madre... tan fuera de su alcance.

¿Desde cuándo era tan cobarde?

Cuando cerró los ojos de nuevo, en vez de poder concentrarse en las montañas nevadas, visualizó la sonrisa de Kelsi. Eso sí que le producía entusiasmo, reconoció, agarrándose a los reposabrazos con el corazón acelerado.

Estaba escapando del mayor reto de su vida. Él, que nunca había temido el riesgo, había tenido demasiado miedo como para arriesgar su corazón. Necesitaba contarle a Kelsi lo de su madre, necesitaba explicarle lo que sentía y lo que quería de ella... No podía seguir ocultándolo, ni a sí mismo ni a ella. Tenía que ser honesto.

¿Pero cómo reaccionaría? ¿Se sinceraría también con él?

Con una amarga sonrisa, Jack comprendió que no. La especialidad de la madre de su bebé era protegerse, ocultar sus sentimientos todo el tiempo. ¿Cómo podía haber estado tan ciego? Sabía que ella le había mentido, que solo había intentando fingir indiferencia. También a Kelsi le aterrorizaba el rechazo, igual que a él.

Quizá, cuando le había dicho que no le importaba que se fuera, había sido solo una estrategia para protegerse, caviló él, encogiéndose en su asiento.

Sin embargo, Kelsi había tenido razón en muchas cosas. Quizá él era egoísta y era cierto que nunca había querido establecerse. Le agobiaba sentirse atrapado. Pero la seguridad que necesitaba en ese momento no era la de un lugar, sino la del corazón.

Kelsi era su hogar. Ella era la seguridad que siempre había echado de menos.

Jack tenía mucho que ofrecerle a su hijo. Y también tenía mucho que ofrecerle a ella: su lealtad, su vida, su amor… solo para empezar. Quería que los dos estuvieran orgullosos de él. Quería tener un hogar al que volver y compartir sus éxitos con sus seres queridos.

Entonces, comprendió que sus sueños no significarían nada sin ella.

Con el corazón cada vez más acelerado, Jack empezó a tener dificultad para respirar. Le dolía la rodilla.

Quizá lo mejor fuera que se bajara del avión. Pero era demasiado tarde. Iban a despegar.

Capítulo Trece

Kelsi se quedó hasta tarde en el trabajo. No tenía ganas de volver a su casa vacía. Pero tampoco quería que se le hiciera de noche. Se tocó el teléfono que llevaba en el bolsillo. Necesitaba hablar con alguien y solo había una persona que podría comprenderla.

No debía tenerle miedo a su madre. No cuando había comprendido que no tenía nada de lo que avergonzarse. Amaba al padre de su bebé y quería a su bebé. Su situación podía no ser perfecta, pero nada lo era, ¿o sí? Todo saldría bien. Ella estaba orgullosa de Jack y sabía que sería un buen padre.

Así que, al fin, telefoneó a su madre.

Risas, lágrimas, comprensión, entusiasmo… Hablaron casi todo el camino a casa. Aliviada y más tranquila, Kelsi prometió ir a visitar a su madre pronto.

Al mirar a su casa, vio que había movimiento en el exterior y se detuvo, extrañada. ¿Se habría quedado alguno de los obreros más tarde de lo normal? La puerta del patio estaba abierta, como esperando su regreso.

Un hombre alto e imponente estaba barriendo el polvo del porche.

Jack.

El corazón de Kelsi dio un brinco de alegría. Pero, enseguida, su felicidad se ensombreció.

–Alice te lo ha contado –señaló ella, cabizbaja. Se alegraba de verlo de nuevo, pero él no estaba allí por las razones adecuadas, lo cual lo hacía más doloroso todavía–. Tienes que irte, Jack

Kelsi necesitaba que se fuera cuanto antes. Si no, se lanzaría a sus brazos. Tenía que dejarlo marchar. Él no era capaz de vivir la vida que ella necesitaba. No eran compatibles en las cosas importantes. Por mucho que lo amara, tenía que dejarlo libre.

–No me voy –dijo él, después de dejar la escoba apoyada en la pared.

Despacio, ella subió las escaleras, tratando de mantener sus emociones bajo control.

–Pero te apasiona surfear por las montañas. Es tu vida.

–La vida cambia –repuso él, encogiéndose de hombros–. Y las prioridades, también.

–Pero…

–Nunca acierto contigo, ¿verdad? –señaló él, sin ocultar su frustración–. Pensé que igual te alegrabas de verme. Pero haga lo que haga, nunca te parece bien. Siempre me equivoco –añadió, y dio un paso hacia ella, tenso–. ¿Qué quieres que haga? ¿Qué tengo que hacer para que me quieras?

–No quiero que dejes de ser tú mismo.

–Pero no puedes estar con la persona que soy. No me queda otra elección más que cambiar, Kelsi. Haré lo que tenga que hacer para estar contigo.

–Mira, Jack, estoy bien –insistió ella. Pensó que no podía creer lo que él le decía, que era la preocupación lo que le hacía hablar así–. El bebé está bien. No sé qué te ha contado Alice, pero...

–No he hablado con Alice –le interrumpió él con brusquedad–. Sea lo que sea que quiere decirme puede esperar.

Kelsi frunció el ceño.

–Pero es sobre el bebé...

–Sigues sin confiar en mí, verdad? –le gritó él, furioso–. Esto no tiene nada que ver con el bebé, sino contigo y conmigo. No soy capaz de separarme de ti.

–¿Qué?

–No quiero irme sin ti, ¿de acuerdo? No quiero dejarte.

–Pero...

–Kelsi, quiero estar contigo más que nada en el mundo. Por eso, no me voy a mover de aquí –afirmó él, y la agarró de los hombros con manos firmes–. No puedo hacer que me acompañes porque no soporto la idea de hacerte viajar estando embarazada. Mi madre murió al tenerme a mí. Estaban en medio de una montaña, yo llegué antes de lo esperado, ella tuvo una hemorragia y no pudo ser atendida como necesitaba. Por eso, es importante para mí que estés en una ciudad y cerca de un hospital. Por muy irracional que te parezca, vas a tener que dejar me salga con la mía. No esperes convencerme de lo contrario porque sería imposible. No puedo llevarte a un sitio alejado y sin los recursos médicos adecuados. No pienso hacerlo por nada del mundo, ¿de acuerdo?

—De acuerdo —asintió ella con piernas temblorosas—. Lo he entendido.

—Bueno, ¿puedes escuchar el resto ya, por favor? Porque me estoy volviendo loco...

—¿El resto?

—Te quiero. Te quiero. Te quiero.

Jack la apretó entre sus brazos, mientras sus palabras bañaban el corazón de Kelsi.

—¿Jack? —susurró ella con los ojos llenos de lágrimas, agarrándose a su camisa sin poder creer que lo que estaba sucediendo fuera real.

Jack la tomó de las manos y volvió a repetirlo varias veces más.

—Me quedaré aquí hasta que llegue el bebé. Luego, podré entrenar para la temporada en Karearea. El bebé y tú podéis quedaros allí conmigo. ¿Te parece bien? ¿Crees que podrías aceptarlo?

—Oh...

Jack la besó con pasión, sin darle oportunidad de responder. Mientras, ella sollozaba y temblaba, pero no importaba. Él estaba allí y no solo no iba a irse, sino que la quería.

Al final, Jack levantó la cabeza y la miró a los ojos.

—Lo eres todo para mí. Y eso me asusta demasiado, más que subir la más peligrosa pendiente.

Paralizada, Kelsi seguía sin poder creerlo.

—¿Es por mí o por el bebé?

—Kelsi, volví por ti. Siempre ha sido por ti. Antes de que supiera que estabas embarazada, sentía lo mismo –aseguró él y, al sentir su reacción de perplejidad, la abrazó con fuerza–. Desde la primera vez que te vi, te metiste en mi corazón y es ahí donde quiero que te quedes. Debería habértelo dicho antes. Eres la razón por la que volví de Canadá... no fue por mi estúpida rodilla. Fue por ti. Y ahora también es por el bebé. Os tengo a los dos y os necesito más que a nada en el mundo.

–Pero no quiero echar a perder tu vida –susurró ella entre lágrimas–. No quiero que renuncies a algo que tanto deseas por culpa de tu sentido de la responsabilidad.

–Esto no tiene nada que ver con la responsabilidad. Mi felicidad depende de estar contigo. Sigo siendo el mismo idiota egoísta. Abrazarte es lo más egoísta que he hecho nunca –afirmó él con vehemencia–. Eres tan fuerte y tan valiente... mucho más que yo. Y eres trabajadora, tienes talento, eres divertida... Me gusta todo de ti –añadió, abrazándola con más fuerza. Los dos estaban temblando.

–¿No te aburrirás? –preguntó ella con el corazón encogido–. Eres un amante de los retos, Jack.

–¿Sabes qué? Por fin he comprendido lo que mi padre quería decir de que había retos más grandes y más satisfactorios que escalar el Everest Yo fui su reto, Kelsi. Igual que tú eres el mío. Y nuestro bebé será el reto de los dos. No hay reto mayor que ese. Y nos enfrentaremos a ello juntos.

–Pero no quiero que renuncies a todo. No es justo.

–Será solo esta temporada… que ya está medio terminada, de todas maneras. Puedo entrenarme en el gimnasio y ponerme al día cuando llegue el invierno en Nueva Zelanda. Todavía tendré que viajar. Y pienso presentarme a las olimpiadas a por mi medalla de oro. Pero, quizá por entonces el bebé y tú podáis venir conmigo, ¿no?

Kelsi hundió la cabeza en su pecho.

–Quiero hacerlo. Quiero ir a animarte y estar ahí para apoyarte… ahí y en todas partes. Quiero disfrutar de la vida contigo, vivir aventuras. También yo quería cambiar mi vida por ti, Jack –confesó ella, quebrándosele la voz–. Pero pensaba que tú no querías que lo hiciera.

–Kelsi… Puedes creerme cuando te digo que nunca voy a dejarte. No tienes por qué apartarte de mí, ni por qué ocultar tus sentimientos. No tienes por qué protegerte más, porque yo me ocuparé de hacerlo.

Tratando de contener los sollozos, Kelsi le contó el plan de futuro con el que había estado soñando en secreto.

–Puedo trabajar a distancia –señaló ella con rapidez–. Ya sabes, por Internet. Será divertido.

–Después de que nazca el bebé. Hasta entonces, te quedarás aquí, a una distancia segura del hospital.

–De acuerdo –aceptó ella. Por fin, comenzaba a relajarse y a digerir sus palabras. Jack la quería y, juntos, podían lograr lo imposible.

–Además, tenemos que poner a punto la casa.

Ella asintió con una radiante sonrisa.

–Y tal vez… –comenzó a decir él, y carraspeó un momento–. Ninguno de los dos somos muy convencionales, Kelsi. ¿Pero crees que podrías consentir algo tan tradicional como que nos casemos?

Ella sonrió, cada vez más llena de confianza.

–Yo soy más tradicional de lo que crees, Jack Greene, porque no pienso aceptar eso como proposición de matrimonio.

Riendo, Jack le dio un rápido beso en los labios y se puso de rodillas delante de ella.

–Te gusta así, ¿verdad?

–Claro que sí –contestó ella, posando las manos en la cara de él.

–Por favor, cásate conmigo, Kelsi –dijo él con tono serio.

–¿Estás seguro?

–Kelsi…

–Sí –susurró ella–. Sí, quiero.

Entonces, Jack la tomó en sus brazos, abrió la puerta y subió con ella de dos en dos los peldaños de la escalera.

–Cuidado con tu rodilla –dijo aferrándose a él.

Riendo, Jack la llevó al dormitorio. Pero, cuando la depositó en la cama, su expresión volvió a tornarse seria.

–Siento mucho haberte dejado sola.

En esa ocasión, su beso fue interminable e infinitamente tierno. Casi la había perdido.

Cuando la apretó contra su pecho, Kelsi percibió agonía y sus deseos contradictorios. Ansiaba poseerla cuanto antes y, al mismo tiempo, quería ser cuidadoso y suave.

–Tranquilo –le susurró ella, besándolo con todo su amor.

–Lo siento –admitió él con un nudo en la garganta–. Lo siento mucho.

–Shh –dijo ella, y lo besó de nuevo, una y otra vez, hasta que calmó todo su sufrimiento.

Con el rostro sonrojado y dedos temblorosos, Jack alargó la mano hacia ella. En un abrazo interminable, hicieron el amor, no solo con sus cuerpos, sino con el alma y con el corazón, bañados en dulces palabras de amor.

Kelsi nunca se había sentido tan desnuda y tan vulnerable como entre sus brazos.

Ni tan segura.

Se quedaron tumbados durante unos momentos, digiriendo un mar de abrumadoras emociones. Luego, Jack se estiró con un suspiro y una sonrisa de absoluta satisfacción.

–Tenemos que pensar en diseñar el dormitorio principal.

–¿Dónde lo vamos a poner? –preguntó Kelsi.

–Justo aquí –indicó él, observándola con intensidad–. Voy a expropiarte tu piso. ¿No te importa?

–No –contestó ella. La felicidad le corría por las venas. La casa estaría completa así, igual que ellos estaban completos juntos–. Será divertido crear algo nuevo.

El rostro de Jack se iluminó con una gran sonrisa.

–Quizá deberíamos construirnos una casa también en Karearea, en vez de quedarnos en el hotel.

–¿Quieres construir casas en todas partes?

–Claro. Ahora que tengo una familia para vivir en ellas, sí.

Aquel dulce comentario se merecía una recompensa, y Kelsi se lanzó a su boca de nuevo.

–¿Se lo has contado a tu madre? –quiso saber él, cuando sus labios volvieron a separarse, bastante tiempo después.

–Sí.

–Iremos a verla en persona pronto, ¿de acuerdo? –propuso él–. Tengo ganas de conocerla.

A Kelsi se le inundaron los ojos otra vez. Sabía con absoluta certeza que podía contar con él.

–¿Kelsi? –dijo él, limpiándole las lágrimas con los pulgares–. Son las hormonas, ¿verdad?

–Claro –repuso ella, secándose la nariz–. Claro que no –se corrigió, y lo rodeó con sus brazos–. Te quiero, Jack Greene.

Con un enorme suspiro de alivio, él la abrazó.

–Gracias al cielo.

Entonces, Jack la envolvió entre sus brazos hasta que desapareció la última de las dudas que los había separado. Al final, Kelsi creía en él y en sí misma.

Juntos, habían encontrado su hogar.

Deseo

EL HEREDERO DESCONOCIDO

JULES BENNETT

Lily Beaumont mantuvo un tórrido romance con Nash James, el mozo de cuadras de la propiedad en la que estaba filmando una película sobre una de las dinastías más conocidas del mundo de las carreras de caballos. Nash estaba fingiendo ser un simple mozo de cuadra para vengarse de su rival y padre biológico, Damon Barrington. Pero tendría que encontrar la manera de decir la verdad y conservar el afecto de una familia a la que había llegado a querer, así como a la mujer de la que se había enamorado.

El problema llegó cuando supo que estaba embarazada

¡YA EN TU PUNTO DE VENTA!

Acepte 2 de nuestras mejores novelas de amor GRATIS

¡Y reciba un regalo sorpresa!

Oferta especial de tiempo limitado

Rellene el cupón y envíelo a

Harlequin Reader Service®
3010 Walden Ave.
P.O. Box 1867
Buffalo, N.Y. 14240-1867

¡Sí! Por favor, envíenme 2 novelas de amor de Harlequin (1 Bianca® y 1 Deseo®) gratis, más el regalo sorpresa. Luego remítanme 4 novelas nuevas todos los meses, las cuales recibiré mucho antes de que aparezcan en librerías, y factúrenme al bajo precio de $3,24 cada una, más $0,25 por envío e impuesto de ventas, si corresponde*. Este es el precio total, y es un ahorro de casi el 20% sobre el precio de portada. !Una oferta excelente! Entiendo que el hecho de aceptar estos libros y el regalo no me obliga en forma alguna a la compra de libros adicionales. Y también que puedo devolver cualquier envío y cancelar en cualquier momento. Aún si decido no comprar ningún otro libro de Harlequin, los 2 libros gratis y el regalo sorpresa son míos para siempre.

416 LBN DU7N

Nombre y apellido	(Por favor, letra de molde)

Dirección	Apartamento No.

Ciudad	Estado	Zona postal

Esta oferta se limita a un pedido por hogar y no está disponible para los subscriptores actuales de Deseo® y Bianca®.
*Los términos y precios quedan sujetos a cambios sin aviso previo.
Impuestos de ventas aplican en N.Y.

SPN-03   ©2003 Harlequin Enterprises Limited

Bianca.

Gobernado por el deber... movido por el deseo

El jeque Zafir, un rey entre
los hombres, no podía per-
mitir que la emoción o los
sentimientos afectaran a su
razón. Debía controlar sus
deseos carnales para ase-
gurar la paz en su reino. No
obstante, Fern Davenport,
una mujer sensual, puso a
prueba su autocontrol. Zafir
tenía que poseerla.

La inocente Fern Daven-
port intentó resistirse a los
encantos del jeque, puesto
que sabía que nunca se ca-
saría con ella. Sin embargo, bajo el sol abrasador se
despertó una sed incendia-
ria, y la consecuencia de
una noche increíble sería
duradera.

¡Por tanto el jeque tuvo que
reclamar a su heredero y a
su esposa!

Un jeque seductor

Dani Collins

LOS DESEOS DE CHANCE

SARAH M. ANDERSON

Chance McDaniel lo había tenido todo muy difícil desde que su mejor amigo lo había traicionado. El escándalo ya había estallado cuando apareció en escena Gabriella del Toro, la hermana de su amigo. La suerte de Chance estaba a punto de cambiar. Deseaba a aquella mujer bella e inocente y, de repente, seducirla se convirtió en su prioridad.

Gabriella, que había crecido sobreprotegida y siempre había querido más, vio en aquel rico ranchero la oportunidad de ser libre. ¿Sería capaz de evitar la telaraña de engaños tejida por su propia familia?

¿Conseguiría Gabriella todo lo que siempre había soñado?

[5]

¡YA EN TU PUNTO DE VENTA!